LE DERNIER LOUP D'IRLANDE

ELONA MALTERRE

LE DERNIER LOUP D'IRLANDE

Traduit de l'anglais par Marie-José Lamorlette

Illustrations de Jean-Louis Henriot

ROUGE & OR

Pour ma fille Alexandra et ses amies,
Christine, Cathy, Joanna, pour mes neveux
et nièces, et pour Susan Scott
qui a toujours cru à cette histoire.

Couverture (crédits photographiques) :

Collection Jonas / Kharbine-Tapabor : *P'tit Bonhomme* par J. Verne, illustration de L. Bennet, 1893 ; Dorka ; collection Kharbine-Tapabor : *Chasse au loup*, illustration de L. Hernault.

Ce livre est paru pour la première fois aux États-Unis sous le titre *THE LAST WOLF OF IRELAND* aux Éditions Clarion Books, en 1990.

Le dernier loup d'Irlande été tué en 1786 dans un endroit appelé le Creux de Barne. Voici son histoire, ainsi que celle d'un garçon et d'une fille qui essayèrent de le sauver.

Note de l'auteur : la prononciation du gaélique peut varier d'une région à l'autre. Afin de faciliter la lecture, nous suggérons de prononcer ainsi les mots suivants :

Breaghmhagh	*Bri*og-mog
Cuchulain	Cou-*heul*-inn
Dullahan	*Dou*-la-honn
Sdhoirm	Sdorm

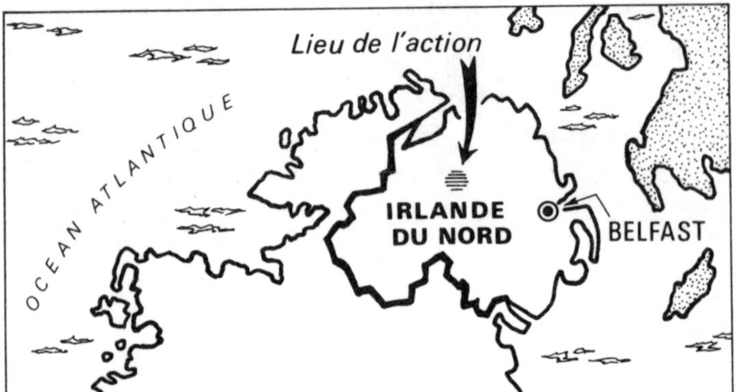
Lieu de l'action
OCEAN ATLANTIQUE
IRLANDE DU NORD
BELFAST
DUBLIN
IRLANDE

CHAPITRE PREMIER

DEVIN O'Hara marchait à travers le vallon que l'on appelait autrefois Breaghmhagh, la plaine aux Loups, maintenant baptisé le Creux de Barne d'après un Anglais qui dessinait des cartes. Le jeune garçon n'avait jamais aperçu de loup dans les parages, même si une nuit, il y avait longtemps de cela, il en avait entendu hurler un.

C'était une longue plainte solitaire, terrifiante. Le grand-père de Devin lui avait raconté que les loups raflaient les moutons et le bétail, quand ils ne mangeaient pas des enfants et même des hommes. Le vieillard connaissait un villageois qui avait été dévoré vivant par une meute.

Le Creux de Barne était aussi un lieu apprécié des voleurs et des bandits de grand chemin. Assis près du feu, le grand-père de Devin racontait à ce sujet des histoires à vous donner le frisson, en roulant des yeux terribles.

— Des bandits avec des poignards longs comme ça ! disait-il. Qui vous coupaient la tête en un tournemain si vous vous risquiez seulement à éternuer ! Et les dullahans ! Il en passe encore, de ceux-là. Des espèces de fantômes qui se déplacent dans des coches tirés par des chevaux, leur tête sous le bras. J'en ai vu, je ne vous mens pas !

— Je t'en prie, Papli, intervenait alors la mère de Devin. Cesse d'effrayer cet enfant.

— Je n'ai pas peur du tout ! protestait Devin.

Il détestait être traité d'enfant par sa mère. Rien que d'y penser, cela le mettait en rage. Comme en ce moment, par exemple, alors qu'il continuait son chemin le long du Creux de Barne. Furieux, il attrapa un bâton et feignit de frapper un fantôme en plein estomac, avant d'en matraquer un autre sur la tête.

Devin avait les yeux bleus. Ses cheveux, de la couleur des châtaignes que l'on trouvait le long de la route, à l'automne, lui mangeaient le visage. Sa mère ne les lui coupait qu'à la nouvelle lune. Et encore, une fois sur deux. Couper les cheveux à une autre époque portait malheur, à ce que l'on disait.

Devin éprouvait une tendresse particulière pour le Creux de Barne. Il aimait les monts Sperrin qui se haussaient vers le nord, les murets de pierres sèches qui bordaient les champs minuscules. Mais il affectionnait surtout la forêt qui longeait le vallon, avec ses ravins qu'il dévalait et escaladait sans fin. Et quand le brouillard tombait des montagnes, il se sentait pénétré à la fois par la peur et l'excitation. Car, lorsque le brouillard envahissait tout, le Creux de Barne devenait un autre monde, magique et mystérieux.

Les pierres d'angle des murets se dressaient devant lui telles des chefs ennemis. Devin jouait à être Cuchulain, la plus fine lame que la vieille

Irlande avait jamais connue. Cuchulain vivait très longtemps auparavant. Il pouvait affronter seul une centaine d'hommes à la fois et s'en tirer sans une égratignure.

Devin cinglait l'air de son bâton, frappait une pierre d'angle, imaginait ce que les gens diraient s'il était comme Cuchulain : « Voilà Devin, le combattant le plus courageux et le plus fort de toute l'Irlande ! » Tout le monde serait de cet avis, même Paul Chandler qui ne cessait de l'embêter parce qu'il était plus petit que les autres.

Tandis qu'il marchait et jouait, le brouillard commençait à se rassembler au creux des montagnes, au loin. Les dullahans arrivaient toujours avec le brouillard. Mais Devin n'avait pas peur des dullahans. S'il en voyait un, il lui taperait sur la tête. Sauf que les dullahans n'avaient pas de tête... se souvint-il tout à coup. Il serra son bâton un peu plus fort dans sa main et commença à se demander s'il devait ou non rentrer à la maison. Jamais Cuchulain ne ferait une chose pareille. Cuchulain ne se laisserait pas effrayer.

Le brouillard avançait comme un monstre gris. Déjà, il avait avalé le sommet d'une colline ; puis ce fut un prunellier qui disparut. Le grand-père de Devin lui avait raconté que les chevaux qui tiraient les coches des dullahans n'avaient pas de tête, eux non plus. Le brouillard approchait de plus en plus. Sur la gauche de Devin, la forêt était devenue invisible.

« Les brumes irlandaises n'ont pas leur pareil dans le monde, disait toujours le grand-père. Elles sont l'œuvre des fées, qui les déploient pour cacher leurs sottises. Et quand elles les répandent ainsi, toutes sortes de fantômes et d'esprits montent du fond des lacs et des tombes et viennent marcher sur cette terre. Oui, ici, comme je te le dis ! Ils errent à la recherche de gens qu'ils pourront emporter avec eux. Jeunes ou vieux, peu importe. Mais ils prennent surtout des jeunes garçons... »

Le brouillard rampait, houleux, et soudain Devin lui-même fut pris dans son épaisse gangue grise. Il ne pouvait plus rien voir, ni devant, ni derrière. Il remonta son chandail sur sa nuque et tourna les talons pour rebrousser chemin. Mais voilà qu'à présent, au loin, résonnait le vacarme d'un coche lancé à toute allure. Devin percevait le grondement infernal des roues sur les cailloux, les efforts du conducteur qui se démenait. Il n'y avait qu'un homme pour conduire aussi vite : Maître Watson, l'Anglais à qui appartenait la grande maison au sud de Scotch Town.

La route décrivait un virage serré. Le bruit des roues sur les pierres se faisait de plus en plus proche, de plus en plus rapide. À cette allure-là, des chevaux ordinaires ne pourraient pas voir le tournant. Cette voiture ne pouvait être qu'un coche de dullahans.

Devin se rua vers le bord de la route, du côté où se dressait la forêt. Là, il serait en sécurité. Le brouillard était dense. Il distinguait à peine ce qu'il avait devant lui. Il avait beau courir, la forêt semblait avoir disparu, engloutie par le monstre gris. Elle n'était pas où elle aurait dû être.

Il avait l'impression de courir dans un rêve, comme si ses pieds étaient deux pierres énormes qu'il n'arrivait pas à soulever. Le coche approchait toujours. Et le brouillard s'en mêlait, retenant ses jambes à la manière d'un grand pot de glu qui ne voulait pas le laisser s'échapper. Le bruit devenait assourdissant... À présent, c'était comme si les roues tonitruantes se trouvaient à deux doigts de lui, prêtes à l'écraser.

Enfin, il atteignit les bois. Des branches fouettaient son visage, déchiraient ses vêtements, mais il courait toujours. Des brindilles et des morceaux de bois jonchaient le sol. Il trébucha et tomba la tête la première le long d'une pente abrupte, roulant à en perdre le sens à travers l'épaisse ouate grise. Il allait de culbute en culbute, malmené, secoué, ne sachant plus où était la terre et où était le ciel, s'il tombait du haut vers le bas ou du bas vers le haut.

Lorsqu'il s'arrêta et regarda autour de lui, la tête lui tournait. La seule chose qu'il voyait était la brume laiteuse qui bouillonnait et s'enroulait autour de lui, tellement compacte que s'il tendait le bras, il ne distinguait même pas le bout de ses doigts.

Il ramena ses genoux sous son menton et resta assis, immobile au fond de son trou. L'oreille aux aguets, il respirait aussi calmement que possible. Seul le silence l'entourait. Il avait toujours dans sa poche une patte de lapin en guise de porte-bonheur ; sans faire de bruit, il la toucha. Toujours rien, sauf le silence. À son grand soulagement, le coche avait disparu.

Soudain, quelque part, une chouette hulula. Puis il y eut un bruit de branches brisées.

Le bruit recommença.

Devin bondit sur ses pieds, s'assommant contre une branche d'arbre. Un instant, il vit un éclair lumineux. Quand il retomba, il se retrouva nez à nez avec un grand animal noir. La bête avait un énorme mufle sombre et deux grands yeux jaunes qui transperçaient le brouillard de leur feu, des yeux de la même couleur que ceux d'un chat mais beaucoup plus gros, aussi gros que les pommes acides qui poussaient sur les pommiers sauvages le long de la route. Bien qu'il n'eût jamais vu de loup, Devin sut qu'il en avait un devant lui.

Paralysé par la terreur, il fixait les yeux jaunes qui le fixaient aussi, fermes et impassibles. S'il avait tendu la main, il aurait pu toucher l'animal. Il sentait l'odeur humide et sauvage de sa fourrure.

Devin aurait voulu parler, crier. Il savait que sa bouche était ouverte, mais aucun mot ne se formait. Le loup le contemplait toujours, de ses yeux brillant comme deux petits soleils qui trouaient le brouillard. Le jeune garçon songea à sa patte de lapin, mais il craignait de bouger et n'osait pas la toucher. Le loup gronda, il aperçut ses crocs blancs. Puis, sans prévenir, l'animal tourna les talons et se fondit dans la grisaille, abandonnant Devin.

CHAPITRE II

Le loup que Devin venait de voir était une femelle, mais il ne pouvait pas le savoir.

Elle avait trois petits cachés dans une tanière non loin de là. Inquiète de sentir le jeune garçon si près de sa progéniture, elle retourna veiller sur elle.

L'odorat aiguisé des louveteaux les prévint du

retour de leur mère avant même qu'ils l'aient vue. Ils se mirent à geindre de plaisir et à se rouler par terre. Lorsqu'elle entra dans le repaire, ils bondirent sur elle et lui firent la fête, l'accueillant avec force effusions et coups de langue. La louve leur rendit leurs caresses, balançant la queue et poussant de petits cris joyeux tandis qu'elle léchait avec affection oreilles et museaux.

Âgés de trois semaines, ils avaient encore les yeux d'un beau bleu clair. Leurs prunelles ne deviendraient ambrées que plus tard. Leurs oreilles semblaient trop grandes pour leur tête et retombaient en avant, ce qui leur donnait l'air curieux et malicieux. Ils passaient leurs heures de veille à s'amuser sans fin, à se bousculer, à se mordiller, à grogner ; ces jeux ne cessaient que lorsqu'ils tombaient d'une masse et s'endormaient épuisés, ou lorsqu'ils mangeaient.

Ils commençaient juste à se nourrir de viande et avaient déjà des dents tranchantes, pointues comme des aiguilles. Deux semaines encore et ils seraient complètement sevrés. Si leur mère avait pu tuer un animal quelconque, elle leur aurait donné de la viande crue ; mais sa chasse avait été interrompue par la présence de ce garçon, synonyme de danger, et elle n'avait que son lait à leur offrir.

Alors même qu'ils tétaient, les louveteaux gémissaient de faim. La louve allait être obligée de ressortir pour leur procurer de quoi se rassasier. Dans des circonstances normales, elle n'aurait pas eu à chasser seule et à laisser ses petits sans protection. Elle aurait fait partie d'une meute dont un membre serait resté avec les jeunes, s'occupant d'eux. Les autres se seraient mis ensemble en quête d'une grosse proie, un cerf ou un sanglier.

Contrairement à ce que croyaient les villageois, la meute ne tuait pas régulièrement des moutons et ne s'était jamais attaquée aux hommes. Comme toutes les meutes, elle s'en tenait à un territoire précis et chassait le plus souvent dans ses limites, marquées par des traces d'urine. Et si, de temps à autre, des loups massacraient un mouton égaré, ils n'avaient pas l'habitude de s'en prendre aux animaux domestiques gardés par des chiens. À moins d'être affamés, ils préféraient se passer d'un repas plutôt que d'empiéter sur un territoire qui appartenait à d'autres.

Mais la vie des bois avait changé. La louve entendait de moins en moins souvent les hurlements d'autres meutes. Les montagnes lointaines, qui résonnaient autrefois de tant d'appels, demeuraient silencieuses. Sans vraiment comprendre ce qui se passait, la mère des trois louveteaux sentait d'instinct que la forêt était devenue un lieu de danger.

L'un après l'autre, les membres de sa meute avaient disparu. Quand sept loups partaient chasser au crépuscule, six seulement revenaient. Sur ces six-là, ils n'étaient que cinq à regagner la tanière lors de la chasse suivante. La nuit, ceux qui restaient hurlaient à la lune et appelaient leurs frères manquants, mais leurs longues plaintes sinistres se répandaient sans réponse à travers les collines.

En revanche, les aboiements des chiens domestiques retentissaient de plus en plus près au cœur des fourrés, et, de plus en plus souvent, la louve percevait des bruits d'explosion, très forts, terrifiants.

Lorsqu'elle avait mis bas sa dernière portée, son mâle et elle étaient les deux seuls survivants de la meute. Le mâle s'occupait d'elle avec dévouement, lui apportait tous les jours de la nourriture à l'entrée de la tanière. Comme il ne pouvait pas venir à bout de grosses proies tout seul, il attrapait des lapins, des blaireaux, des rats et même des poissons.

La femelle mangeait et retournait immédiatement auprès de ses petits, les léchant, les cajolant, s'enroulant autour d'eux pour leur tenir chaud quand ils dormaient.

Mais, un soir, son compagnon partit chasser et ne revint pas. Elle attendit patiemment son retour. À chaque bruit qui montait au-dehors, elle dressait les oreilles et écoutait ; si le son lui paraissait inquiétant, elle posait sa tête sur les louveteaux et les faisait taire, de façon à ne pas alerter un ennemi possible. Dès qu'une malheureuse souris ou un autre petit animal s'aventurait dans la tanière, elle le tuait et le mangeait. Toutefois, ces rongeurs ne suffisaient pas à nourrir une mère qui allaitait et finalement, la faim la força à sortir.

Lorsqu'elle reconnut l'odeur de son mâle, elle se hâta sur ses traces. Elle le découvrit gisant au fond d'un ravin. Elle tapota ses pattes de la sienne, les mordilla doucement, mais il ne bougea pas. Une forte odeur de poudre montait d'un trou ouvert dans son poitrail. Ses oreilles et sa queue avaient été coupées. Gémissante, elle tâta ses blessures du museau, puis se mit à les lécher avec désespoir, comme si sa langue pouvait les guérir. Elle savait bien qu'il ne guérirait pas ; son odorat aiguisé lui avait déjà appris qu'il était mort. Pourtant elle continuait à le soigner pour rien, sans cesser un instant de gémir. Puis elle finit par renoncer. Assise sur son arrière-train elle leva la tête vers les étoiles et hurla à la mort, tandis que le vent emportait à travers les grands arbres et jusqu'au fin fond des montagnes ce poignant chant funèbre, cette plainte immémoriale, déchirante, venue de la nuit des temps.

Depuis la mort de son compagnon, elle chassait seule et avait du mal à assouvir la faim de ses petits. Même après avoir tété, ils continuaient à se plaindre. Elle se prépara donc à repartir. Elle se leva, gronda pour faire comprendre aux louveteaux qu'ils ne devaient pas la suivre et se faufila hors de la tanière, les laissant seuls une fois de plus.

CHAPITRE III

LE Creux de Barne était bordé au nord par la rivière Glenelly, au sud par la rivière Owenkillew. Devin habitait une petite ville appelée Scotch Town, sur la rivière Owenkillew.

L'unique rue de Scotch Town était un chemin de terre. Au nord de la ville, les maisons étaient de style anglais, à deux étages, avec des boiseries, des ardoises sur la façade et des toits de tuile. Au sud, beaucoup de maisons avaient encore des toits de chaume. De grosses pierres rondes retenues par des cordes étaient posées çà et là sur le chaume pour l'empêcher de s'envoler lors des tempêtes. Au-dessous de la paille, les fenêtres ressemblaient à des yeux cachés sous des sourcils en broussaille.

Dans la rue, des poules et des poussins picoraient avidement quelques grains d'orge tombés d'une charrette. Quand Devin passa en courant au milieu d'eux, les poules affolées se dispersèrent en caquetant et en battant des ailes.

Il aperçut Katie Sullivan qui marchait devant lui. Ses jupes se balançaient d'avant en arrière au rythme de ses pas, et sa chienne Bébo trottinait près d'elle.

— Tu n'as pas vu Jimmy ? cria Devin.

Jimmy avait toujours été son meilleur ami, du plus loin qu'il s'en souvienne, jusqu'au jour où il s'était mis à fréquenter Paul Chandler. Mais quand il lui aurait raconté l'histoire du loup, Jimmy reviendrait à coup sûr avec lui.

Sans laisser à Katie le temps de lui répondre, il la rattrapa en clamant :

— J'ai vu un loup !

— Un quoi ?

Katie avait un visage rond et des cheveux blonds, frisés, toujours coiffés en nattes. Ce jour-là elle portait des rubans verts, une jupe verte et un tricot vert. Elle avait les yeux bleus et dépassait Devin d'une demi-tête.

Quand la chienne de Katie entendit Devin, elle se mit à lancer des jappements surexcités et à agiter la queue. Bébo était un colley de couleur caramel, avec un œil bleu et un œil marron. On lui avait donné le nom de la reine des fées. Bébo bondit à l'assaut de Devin, essaya de lui lécher la figure. Elle aboyait de plus belle.

— Du calme, Bébo ! dit Devin. On jouera plus tard. J'ai vu...

Il s'interrompit brusquement : Jimmy O'Brien avançait dans la rue, un peu plus loin, en compagnie de deux autres garçons.

— Hé, Jimmy ! appela Devin en courant à sa rencontre.

Mais lorsqu'il s'approcha de son camarade et vit avec qui il était, il ralentit aussitôt. Jimmy était avec Paul Chandler et Sean Campbell. Paul ne cessait d'embêter Devin et de le traiter d'avorton d'avorton haut comme trois pommes. Chaque fois qu'il en avait l'occasion, il le rossait.

Pourtant, l'excitation de sa découverte fit oublier sa peur au jeune garçon. Il rattrapa les autres et leur annonça, haletant :

— J'ai vu un loup. Un loup énorme ! Grand comme ça !

Il écarta les mains pour essayer de leur indiquer la taille de l'animal.

— Un loup ! s'exclama Jimmy, les yeux ronds. Où ça ?

C'était un rouquin dont le visage était constellé de si nombreuses taches de rousseur qu'il semblait avoir éternué dans un bol de son.

Paul Chandler ricana.

— Tu n'es qu'un menteur.

Paul était un grand gaillard avec des cheveux d'un jaune grisâtre qui évoquaient de la graisse caillée, et de grosses mains pataudes.

— Non, je ne mens pas. Je l'ai vu, je le jure.

— Tu parles ! C'était sûrement la crétine de chienne de cette idiote de Katie, riposta Paul.

— C'était un loup.

— Alors pourquoi ne t'a-t-il pas mangé ? Il

n'aurait dû faire qu'une bouchée d'un petit asticot de ton espèce ! lança Paul en donnant une bourrade à Devin.

Jimmy s'interposa entre eux.

— Laisse-le tranquille, Paul.

Mais Devin repassa devant Jimmy.

— Asticot toi-même ! Je n'ai pas un nom qui signifie ver de terre, moi !

En Irlande, les noms de famille évoquaient souvent la couleur de cheveux d'un ancêtre, l'endroit où il vivait, son métier. L'un des aïeux de Paul Chandler avait dû être pêcheur, car *Chandler,* en gaélique de la région, voulait dire « ver » et désignait les pêcheurs qui utilisaient des asticots comme appâts.

Le poing de Paul se détendit brusquement. Devin sentit le choc de ses articulations sur son visage et tomba.

— Tu n'es qu'un avorton qui ment comme il respire ! Un nabot ! rugit Paul.

— Je dis la vérité !

— Menteur ! Avoue que tu racontes des histoires, ou je te frappe encore, insista Paul penché sur Devin, les poings prêts à cogner.

— J'ai vraiment vu un loup !

Devin empoigna les chevilles de Paul, le fit tomber et se hissa sur sa poitrine. Mais l'autre était beaucoup plus fort. Il se débarrassa sans peine de son adversaire, roula de nouveau sur lui et lui cribla la figure de coups de poing.

Un attroupement se forma. Des hommes sortaient des maisons, la pipe à la bouche. Des femmes venaient regarder aussi, les unes s'essuyant les mains sur leur tablier, les autres armées de leurs aiguilles à tricoter et d'une pelote de laine. Il y avait aussi des enfants.

— Envoie-le promener d'un bon coup au menton, p'tit gars ! cria quelqu'un avec entrain.

Un combat était toujours un spectacle apprécié, qu'il oppose deux chiens, deux coqs, deux hommes ou deux garçons. La plupart des spectateurs soutenaient Devin ; Paul n'était guère aimé. Chaque fois qu'il croisait un chien ou un chat, il ne pouvait s'empêcher de lui flanquer un coup de pied. Et puis il était le fils du boucher, et les villageois soupçonnaient ce dernier de leur faire payer la viande trop cher. Les femmes prétendaient que le père de Paul trichait sur le poids en appuyant sur le plateau de la balance avec ses gros pouces velus.

Mais certains étaient quand même du côté de Paul. Comme il avait le dessus, ils avaient déjà commencé à parier sur lui.

Devin, d'un coup de reins, parvint à se débarrasser de Paul à la manière d'un cheval turbulent qui désarçonne son cavalier et se remit péniblement sur ses pieds. Aveuglé par les larmes et le sang, il essaya vainement d'attraper les habits de son adversaire.

Cette fois, Paul lui asséna un coup de poing terrible en plein estomac. Devin s'effondra, le souffle coupé, les mains sur le ventre ; il lui semblait qu'il ne parviendrait plus jamais à respirer. Un instant, tout fut noir devant ses yeux. Il perçut un goût aigre au fond de sa bouche. Mais il ne vomirait pas, se promit-il. Pour rien au monde il ne se laisserait aller à vomir. Il tenta d'ouvrir les paupières. La foule tournoya devant lui, ronde de visages souriants ou ricanants qui tous le regardaient. Alors il referma les yeux, vaincu par la nausée, et se mit à pleurer.

CHAPITRE IV

MÊME sans ouvrir les yeux, Devin sentait que Paul allait lui donner un coup de pied dans le ventre. Il devinait sa présence, savait qu'il le toisait de toute sa hauteur. Une seconde, il entrouvrit les paupières et aperçut la lourde semelle de cuir d'une botte.

— Avoue que tu es un menteur, reprit Paul.

Reconnais que tu es un sale petit menteur de rien du tout, ou je t'étripe d'un coup de pied.

De ses chaussures éraflées, il taquinait le menton de Devin.

— Avoue ! Sinon...

— C'est bon ! Tu l'as assez rudoyé comme ça.

Devin entendit la foule se retourner pour voir l'homme qui avait parlé. Il ne reconnaissait pas cette voix. Rouvrant les yeux, il aperçut les contours troublés d'une large silhouette solidement charpentée.

Tout comme les hommes présents et comme Devin lui-même, l'étranger portait des culottes de flanelle grossière qui lui arrivaient aux genoux et d'épaisses jambières de laine. Il portait aussi un chandail gris sous une veste de cuir. D'une main il tenait un sac de voyage, de l'autre une canne à pommeau d'argent.

— On ne frappe pas un homme à terre, reprit-il. Arrêtez la bagarre, à présent.

Des protestations montèrent de la foule. Quelques-uns avaient parié un shilling ou deux que Chandler allait battre le petit O'Hara à plates coutures, ils tenaient à voir la fin du combat.

Le colosse posa son sac par terre et plaça ses mains sur ses hanches. Il avait une grande barbe rousse non taillée. Quand il souriait, ses yeux se fermaient presque.

— Une fois que quelqu'un a été terrassé, on le laisse. Son compte est bon. Mais si vous en voulez encore pour votre argent, je suis prêt. Qui vient se battre avec moi ?

Personne n'osa défier l'étranger. Grommelant, furieux d'avoir été privés de la fin du spectacle, les gens rentrèrent chez eux. Le grand bonhomme se baissa et remit Devin sur pied. Puis il se baissa encore et ramassa la patte de lapin, le talisman du jeune garçon.

— Hum... il semble que cela ne t'ait pas servi à grand-chose, hein ? lâcha-t-il en lui tendant la patte blanche.

Devin ne dit rien. Il haussa les épaules, rangea le porte-bonheur dans sa poche et garda les yeux rivés sur le sol.

L'homme tira un mouchoir pour essuyer le sang qui maculait le visage du jeune garçon. Devin détourna la tête. Non seulement son ventre et sa figure lui faisaient mal, mais il avait honte que

Katie l'ait vu pleurer. Si seulement il pouvait corriger Paul une fois, juste une fois. Lui donner une telle raclée qu'il en pleurerait, lui aussi. À chaudes larmes.

Bébo s'approcha de lui. Elle lui lécha la main et gémit, comme si elle comprenait sa douleur.

— Comme tu voudras, dit l'étranger. Garde ce sang sur ta figure, tu vas causer une belle frayeur à ta mère. Elle va croire qu'on t'a défiguré, alors que tu n'as que quelques écorchures.

Devin resta muet. Sa mère allait à coup sûr le gronder de s'être battu, mais elle ne savait pas ce que c'était que d'être sans arrêt harcelé par une brute. Il se retourna vers l'étranger et remarqua que des poils blancs émaillaient sa barbe rousse.

— Bon, dit l'homme. Voyons voir de plus près ce qu'il t'a fait.

Il examina la coupure qui balafrait l'arcade sourcilière de Devin, puis décrocha de sa ceinture une gourde en peau. Il la déboucha, la porta à sa bouche, but une longue rasade. Chaque fois que le grand-père de Devin buvait, sa pomme d'Adam montait et descendait dans sa gorge comme une balle. Devin se demanda si celle de l'étranger faisait la même chose mais il ne put le voir, car son cou était caché par sa barbe rousse.

Quand l'étranger eut avalé, il versa un peu de liquide sur son mouchoir et entreprit de tapoter le visage de Devin.

— Tu es un vrai petit bagarreur, voilà ce que tu es. Ce garçon était deux fois comme toi, mais tu te démenais comme un beau diable. Tu ne manques pas de cran, pour ça non !

Le colosse toucha de son mouchoir une entaille qui marquait le coin gauche de la bouche de Devin. Elle était profonde. Le jeune garçon eut un mouvement de recul. L'alcool le brûlait.

Tout à coup, Katie intervint.

— Paul Chandler tape sans arrêt sur Devin. Il ne veut pas le laisser tranquille, dit-elle.

— C'est donc Devin que l'on t'appelle ? demanda l'étranger.

— Oui.

— Mais Paul l'appelle tout le temps avorton, précisa Katie.

Devin, honteux, fixa un beau galet rouge à la rondeur presque parfaite qui se trouvait par terre. On aurait dit une prune.

— Moi je suis Katie, reprit sa camarade. J'habite à côté de chez Devin. Et elle, c'est Bébo.

Le colosse se courba pour caresser la chienne, puis releva les yeux.

— Thomas Costello, se présenta-t-il. Je vous souhaite bien le bonjour à tous les deux.

Il tendit une poigne énorme à Devin, qui se dit que cette main semblait aussi grosse qu'une enclume. Si l'étranger serrait, il pouvait lui écraser les doigts. Paul lui avait fait ça, une fois. Il avait feint de vouloir faire la paix — « Soyons amis, Deeevin ! » — , puis il avait serré si fort la main de Devin que ses articulations avaient craqué et qu'il les avait crues cassées. Paul avait éclaté de rire.

Costello ne lui laissa pas le temps de refuser. Mais tout comme ses doigts sur le visage de Devin, un moment plus tôt, son geste se révéla plein de douceur. Même si cette main calleuse donnait à Devin l'impression de toucher une écorce d'arbre, la pression qu'elle exerçait était pleine de délicatesse.

— Alors, jeune Devin, dis-moi... Comment se fait-il que tu te battes avec quelqu'un qui te dépasse de la tête et des épaules ?

— Paul Chandler est un voyou, répondit Katie. Je le déteste.

Devin regarda l'étranger en face et remarqua pour la première fois que sa paupière gauche retombait, ce qui lui donnait l'air de cligner de l'œil.

— J'ai vu un loup, déclara-t-il.

L'étranger fit la moue.

— Un loup ? Tu es sûr que ce n'était pas plutôt un chien ?

— C'était un loup, répéta Devin, de nouveau sur la défensive.

— Du calme, mon garçon. Ôte cette lueur belliqueuse de ta prunelle, veux-tu ? Tu n'auras pas à te battre contre moi comme tu l'as fait avec ce gredin tout à l'heure. Mais es-tu certain que c'était un loup ?

— C'en était un, répéta Devin.

— Pourtant, on n'en a plus vu par ici depuis... des années, peut-être, observa l'étranger en secouant la tête. Ils sont mis à prix, tu sais ? Les gens qui les tuent reçoivent une prime. Cinq shillings pour la queue et les oreilles d'un mâle, le double pour une femelle. Autrefois on pouvait bien gagner sa vie, avec ça. Je l'ai fait moi-même.

— Il était à ça de moi, expliqua Devin en tendant les mains. J'aurais pu le toucher. Il avait des yeux jaunes. Paul n'a pas voulu me croire. Il m'a bousculé, et puis...

De nouveau, il fixa le sol. Katie revint à la charge. Elle ne voulait pas rester en dehors de la conversation.

— Devin est né la veille de la Toussaint. On dit que ça porte malheur. Alors sa grand-mère l'a frotté tout entier avec de la graisse d'oie, et elle lui a donné cette patte de lapin pour le protéger du mauvais sort. C'est ma mère qui me l'a dit, conclut-elle d'un air satisfait.

Devin ne savait plus où se mettre. Le colosse sourit.

— Ta patte de lapin peut t'aider à la rigueur contre les mauvais esprits, gamin, mais il faut un peu plus qu'un porte-bonheur contre une canaille comme ce Chandler. Tu sais, mon gars, il y a eu un temps où je n'étais pas plus grand que toi. Et maigre comme un clou, en plus. Comme toi, j'étais sans arrêt pris à partie par une tête de lard qui ne me laissait pas tranquille. Mais un jour j'ai eu ma revanche.

Devin le regarda, ahuri.

— Vous étiez aussi petit que moi ?

— C'est juste que tu n'as pas encore fini de grandir, mon gars. Regarde tes pieds ; ce ne sont pas des pieds d'avorton.

— Et vous l'avez rossé ? demanda Devin, qui maintenant était surexcité.

— Je te raconterai ce que je lui ai fait. Mais d'abord, dis-moi où se trouve la forge.

— Par là, répondit Devin avec un geste du doigt. Juste à côté de la boutique du boucher, le père de Paul Chandler.

— À présent, mon gars, rentre chez toi. Tu viendras me voir demain à la forge. En un tournemain, nous ferons de toi un fieffé larron.

CHAPITRE V

Le lendemain soir, Devin se rendit chez le forgeron et trouva Thomas Costello en train de travailler à la forge. Un grand feu torride grondait dans le foyer, et l'ombre immense de Costello jouait sur les murs. Tel un colosse, couvert de sueur, il tira du feu une barre de fer incandescente. La maintenant à l'aide d'une paire de tenailles, il se servit d'une deuxième paire pour la recourber, aussi aisément que s'il s'était agi d'un morceau de caramel mou. Puis il posa son outil, empoigna son marteau et entreprit de donner forme sur l'enclume à un fer à cheval ; à chaque coup de marteau, une gerbe d'étincelles se répandait sur le sol en terre battue. Il frappait de façon rythmée, régulière. Le son du métal heurtant le métal sonnait comme une musique aux oreilles de Devin.

Le colosse était torse nu sous son grand tablier de cuir. La sueur ruisselait sur son front, le long de son visage et de son cou. Lorsqu'il se retourna, Devin se rendit compte que son dos puissant était lui aussi trempé par la transpiration.

Un cheval était attaché dans la forge, un pauvre canasson efflanqué à la couleur incertaine, à la tête allongée, aux genoux cagneux et aux omoplates saillantes. L'animal appartenait de toute évidence à l'un des fermiers qui louaient de la terre à Maître Watson.

Le propriétaire anglais exigeait de ses locataires des loyers élevés qui les ruinaient. Après chaque récolte, beaucoup devaient lui donner presque toute leur avoine et tout leur blé en paiement de la terre qu'ils travaillaient. Et les familles de paysans n'avaient bien souvent plus grand-chose à manger, excepté des choux et des pommes de terre.

Devin aimait les chevaux. Il s'approcha de la bête, flatta son flanc décharné. Comme sa maigreur lui faisait pitié, il tira de sa poche un trognon de pomme et le plaça sous le mufle velouté du cheval. Celui-ci renifla, souffla bruyamment par les naseaux et broya la pomme entre ses dents.

Thomas leva les yeux.

— Bien le bonsoir, gamin. Nous allons commencer dès que j'aurai fini ça.

Il cloua le dernier fer sur l'un des sabots arrière du cheval, puis fit sortir l'animal.

Quand il revint, il défit son tablier de forgeron puis essuya son front, sa poitrine et ses énormes mains avec un chiffon. Après quoi il lança :

— À nous deux, mon gars. Place-toi en face de moi, là, et lève les poings. Non, pas comme ça. Pas à la hauteur de ta poitrine, à la hauteur de ton visage.

Et soudain un poing gros comme une enclume surgit du néant. Devin se pencha, mais il était trop tard. Le direct de Costello l'atteignit au menton, lui renversant la tête en arrière avec une telle violence qu'il s'en mordit la langue.

— Ouille !

De nouveau, le colosse frappa et le toucha au nez, cette fois. Devin recula.

— J'arrête ! cria-t-il.

Mais le gros poing impitoyable était reparti à l'assaut. Il atterrit sur le côté de son visage, un peu moins fort. Devin tourna carrément le dos.

— J'en ai assez, répéta-t-il. J'ai mal aux bras. Je n'ai plus envie de me battre.

— Tu diras ça à Chandler la prochaine fois qu'il te cherchera noise. Tu sais ce qu'il fera, Chandler, si tu lui tournes le dos ? Il te flanquera un coup de pied dans le derrière.

Costello joignit le geste à la parole et Devin se retrouva par terre, le nez dans la poussière.

— Et après, tu sais ce qu'il te fera ? Tu le sais, hein ?

Il se tenait debout près de Devin qui voyait ses grandes bottes au cuir élimé comme il avait vu celles de Paul, la veille.

— Réponds-moi, gamin. Qu'est-ce qu'il fera, Chandler, quand tu seras par terre ?

Le géant se baissa, attrapa Devin par les épaules et le remit d'aplomb.

— Il t'écrasera la figure ou le ventre ! Je me trompe ?

Devin gardait les yeux baissés. Il renifla et hocha la tête. Alors Thomas posa son grand bras sur ses épaules et reprit d'une voix plus douce :

— Tu es vif, gamin, mais tu manques de force et d'endurance.

Devin renifla de nouveau.

— Qu'est-ce que c'est, l'endurance ? demanda-t-il sans lever les yeux.

— C'est quand on sait résister longtemps, fiston. Quand ton corps est capable de réagir comme il le doit pendant un long moment. Il va falloir que tu prennes un bon bol d'air tous les jours, toi. Sinon, avec le travail que tu fais, tu vas rester aussi mou que de la guimauve. Ce n'est pas en servant du chou et de la bière dans une taverne que l'on se fait des muscles, mon gars. Si le fils du boucher est costaud, c'est parce qu'il aide son père à soulever et à traîner les carcasses de vaches et de moutons. Mais rassure-toi. Il te faudra peu de temps pour développer tes forces.

Pour la première fois depuis que Costello l'avait envoyé par terre, Devin le regarda.

— Comment le savez-vous ?

— Je viens d'une famille de quinze enfants. J'étais le septième, et mes frères aînés étaient toujours en train de m'asticoter. Un été, mon père m'a fait ramasser des pierres dans un champ pour construire des murets. Les autres étaient partis se battre contre les Anglais en France, mais moi j'étais trop jeune. J'avais à peu près ton âge, je pense. Eh bien, à la fin de l'été, gamin, mes épaules et mes bras avaient doublé. À ce moment-là, le bail de mon père s'est terminé et nous avons dû partir. À Sligo, un certain Michaël Patrick O'Flaherty, qui venait du sud, donnait des spectacles de boxe dans les rues. Il m'a aperçu et m'a crié : « Hé, gamin, va donc me chercher à boire ! » À la fin du combat, il a demandé à mon père combien il voulait pour me laisser partir avec lui. Mon père n'avait plus de maison, il lui restait huit gosses à nourrir, sans parler de ma mère, alors il m'a vendu à O'Flaherty contre cinq shillings et la promesse que je serais bien traité.

Le colosse gratta sa barbe.

— Sais-tu ce que O'Flaherty faisait pour conserver ses forces ? Il courait tous les jours avec deux gros poids en fer dans les mains, mon gars. Et il courait comme ça pendant deux ou trois lieues[1]. J'ai commencé à courir avec lui. Il prenait de l'âge, moi je grandissais. Un jour, je me suis mis à la boxe à mon tour.

« Thomas Brian Costello. Je suis devenu célèbre dans tous les comtés de l'Ouest. Il n'y avait pas un homme capable de me battre. Je pouvais faire mordre la poussière à n'importe qui, même aux soldats anglais. Et on ne gagne pas mal sa vie, en boxant. Les spectateurs encouragent le gagnant et lui envoient un tas de pièces. Plus qu'il ne lui en faut, crois-moi. Mais le temps étant ce qu'il est, il finit par changer un homme. Toi, le temps va te faire grandir. Moi, il m'a fait vieillir. Et si la foule s'enflamme pour un homme qui gagne, lorsqu'il commence à perdre... »

Il haussa une épaule.

— ... on l'injurie et on l'insulte sans pitié. On le traite de tous les noms, on lui lance des pommes pourries et autres ordures. Aussi, quand j'ai vu

1. La lieue est une ancienne mesure de distance qui correspond à environ quatre kilomètres.

que je cessais de gagner, j'ai décidé de venir faire un tour par ici. De trouver un endroit où me fixer. Un forgeron a toujours besoin de bras, de temps à autre. Alors me voilà...

Après sa première leçon avec Costello, Devin se mit à courir. Chaque jour il courait le long de la route qui traversait le Creux de Barne, et chaque soir il venait à la forge pour une autre leçon de boxe.

Au bout de trois semaines, son maître le félicita.

— Tu te défends bien, gamin, et de jour en jour tu deviens plus fort. En un rien de temps, tu pourras montrer à ce Chandler de quel bois tu te chauffes.

CHAPITRE VI

DEVIN courait avec une grosse pierre dans chaque main. Les pierres étaient lourdes, il avait mal aux doigts et aux bras à force de les tenir, mais il était déterminé à s'entraîner et à progresser. Bébo le talonnait et Katie les suivait à quelque distance, courant elle aussi.

Ils couraient sur la route qui traversait le Creux

de Barne et se dirigeaient vers le nord, du côté de la rivière Glenelly. La journée était chaude et humide. Le printemps avait éclos, l'air sentait bon les feuilles toutes neuves à peine sorties des bourgeons et les fleurs d'aubépine.

Tout à coup, un bruit monta de la forêt. Devin s'arrêta si brusquement que Bébo vint taper du nez au creux de ses genoux. Katie, qui se trouvait juste à quelques pas, trébucha sur sa chienne et roula par terre. Une meute de chiens hurlait. Maître Watson était à la chasse.

Les deux enfants avaient été prévenus : quand Maître Watson chassait, ils devaient se tenir à l'écart. Le gentilhomme campagnard était une brute corpulente, avec un visage rouge et gras comme un jambon. Buveur, impétueux, il piétinait sans aucun égard les champs que ses fermiers venaient de planter et traversait leurs basses-cours à vive allure, écrasant poulets, porcelets, chiens domestiques et tout ce qui se trouvait sur son passage. Il menait son cheval comme un fou, ne pensant qu'à l'animal qu'il poursuivait. En général, il agitait la queue d'un renard comme s'il s'agissait d'un étendard pris à l'ennemi.

Il traversait Scotch Town presque chaque jour, dans un bruit de tonnerre, sa meute autour de lui. Ses chiens étaient des bêtes efflanquées, au poil dru et rêche, presque aussi hautes que des veaux. Ses chevaux, en revanche, étaient des animaux splendides, magnifiques à regarder lorsqu'ils galopaient à travers champs et forêt. Et malgré l'avertissement de sa mère, Devin ne manquait pas une occasion de les admirer.

Il jeta ses pierres et s'élança dans la direction des aboiements forcenés, suivi de Bébo et de Katie. Ils couraient aussi vite qu'ils le pouvaient. Des branches leur fouettaient les yeux et s'accrochaient à leurs manches tandis qu'ils zigzaguaient à vive allure entre les arbres, les buissons et les branches tombées.

Les aboiements venaient de la gauche. Au cours de ce bref laps de temps, les chiens avaient beaucoup avancé. Une colline se dressait devant Devin et Katie. S'ils ne se dépêchaient pas, la meute allait passer de l'autre côté et disparaître.

À présent, les hurlements étaient frénétiques. Devin était à bout de souffle, mais il accrut encore son allure. Au moment où il arrivait au sommet de la butte, il se rendit compte que les chiens poursuivaient un loup. Et aussitôt qu'il vit le pelage gris foncé de l'animal, il eut la certitude qu'il s'agissait de son loup, celui qui lui était apparu dans le brouillard.

Un pan de rocher très abrupt bloquait la fuite de la bête sauvage. Le loup bondit pour le franchir, mais à cet instant précis l'un des chiens lui attrapa une patte arrière dans ses crocs et le fit retomber au milieu de la meute. Le dos au rocher, l'animal fit face aux chiens. Pour la deuxième fois Devin vit étinceler ses yeux jaunes.

Jusque-là, il ne s'était pas demandé si son loup était un mâle ou une femelle. Pour lui, il s'agissait simplement d'un énorme loup gris-noir aux yeux jaunes, terrible, effrayant. Mais lorsque la bête traquée se dressa sur ses pattes arrière pour repousser les chiens, il aperçut ses tétines gonflées et comprit que c'était une mère.

Deux chiens l'attrapèrent au collier et la tirèrent jusqu'au sol, où elle continua à se débattre, couchée sur le côté. Un troisième chien la mordit au flanc et tira, emportant un morceau de chair et de fourrure. Mais la louve, pendant ce temps, s'était emparée de la patte d'un chien et l'avait écrasée entre ses puissantes mâchoires. L'animal hurla et recula en boitillant, sa patte folle battant l'air.

La louve parvint tant bien que mal à se remettre debout. Son arrière-train semblait en mauvais état. Des chiens l'encerclaient sur trois côtés, grondant, leurs babines retroussées laissant voir des crocs hideux et pleins de bave.

Devin, saisi d'horreur, ne savait plus où il en était. Son grand-père lui avait dit que les loups dépeçaient des hommes et des enfants, mais cette louve-là ne lui avait rien fait, à lui. On lui avait raconté que les loups étaient de vrais monstres, aussi indestructibles que les montagnes, et cependant cette bête blessée, ensanglantée, estropiée, ressemblait à une pauvre petite vieille luttant pour garder la vie sauve.

Un autre chien planta ses crocs dans la tête du loup, juste au-dessous de l'œil, et lui fit une autre entaille. À présent, l'animal était couvert de sang. Devin n'aurait su dire combien de chiens il y avait. Tout ce qu'il savait, c'était que ce combat était inégal et injuste. Il ramassa une pierre et la lança.

Il était bon tireur ; le chien qui s'acharnait sur la

louve poussa un glapissement et lâcha sa proie, mais il fut aussitôt remplacé par un autre. Devin se baissa encore, trouva une autre pierre, un bâton, et lança les deux projectiles. Les chiens étaient au moins une douzaine. Devin recommença sa manœuvre sans désemparer. Puis Katie l'imita. Pierres, galets, morceaux de rochers volaient dans les airs. Les deux enfants lançaient encore et encore, à en perdre haleine, tandis que Bébo aboyait furieusement.

Soudain Maître Watson arriva au grand galop. Il tira avec une telle brutalité sur les rênes de son cheval que celui-ci, déséquilibré, faillit tomber. Le gentilhomme mit pied à terre et prit sa carabine. Il enfonça de la poudre et des balles dans le canon, puis épaula. Quand Devin le vit mettre en joue, il se rua vers lui et se jeta dans ses jambes. Watson, surpris par le choc, ne tira pas.

— Qu'est-ce que... bredouilla-t-il. Espèce de maudit Irlandais ! Je vais t'apprendre, moi !

Il frappa Devin au visage, si fort que le jeune garçon vola à terre. Puis il se remit à viser, la belle crosse de bois brillant coincée contre son épaule, le canon d'acier noir pointé droit sur la louve. Il y eut un claquement, aussi bref qu'assourdissant.

Une fraction de seconde, rien ne se produisit. La bête sauvage tenait entre ses crocs le cou d'un chien blanc. Mais soudain le chien se retrouva libre. La louve s'affaissa sur un genou, comme si elle voulait se coucher. Elle tenta de se relever, et l'espace d'un instant il sembla qu'elle allait y parvenir, puis tout à coup elle s'effondra. Une de ses pattes se détendit encore, et ce fut fini.

Un deuxième homme était arrivé, un maître-chien. Il sauta à bas de son cheval et commença à écarter les chiens du cadavre. Maître Watson se dirigea d'un pas lourd vers la bête, se pencha sur elle et souleva son corps inerte, plein de sang.

Devin essayait en vain de retenir ses larmes. « Un grand garçon ne pleure pas », disait toujours sa mère. Mais là il ne pouvait s'en empêcher. Et ce n'était pas à cause de la gifle que le propriétaire lui avait donnée, même s'il avait encore mal. Il pleurait parce que le loup qui s'était trouvé face à lui dans la forêt, le jour où le brouillard était descendu de la montagne, cet animal superbe et fier, aux yeux jaunes et au poil couleur d'orage, était mort. Cette fois, Devin ne chercha pas à cacher ses larmes à Katie ; elle pleurait aussi.

Watson parlait à son maître-chien.

— Cette maudite femelle va nous rapporter une belle prime, disait-il. Dix shillings, que le Trésor paye.

Le maître-chien indiqua du menton la direction d'où venait la louve.

— Et rien qu'à la voir, elle doit avoir une portée quelque part.

— C'est sûrement la femelle du spécimen qu'on a tué il y a quelque temps, reprit Watson. Bon sang... ces yeux jaunes sont les yeux du démon, c'est sûr. Je ne serai pas en paix tant qu'il restera encore une de ces créatures infernales dans le coin. Les chiens ont assez chassé aujourd'hui. Mais demain, nous trouverons la tanière et nous détruirons les petits. Ce sont des monstres diaboliques !

Il lâcha la louve et cria du côté de Devin et Katie :

— Espèce de petits poisons qui vous mêlez de ce qui ne vous regarde pas ! Que je ne vous retrouve pas dans mes jambes quand je retournerai chasser, sinon je fais fouetter vos maudites carcasses d'Irlandais, avant de vous jeter en prison pour vous être introduits sans permission sur mes terres !

Pour bien confirmer ses menaces, il pointa sa carabine sur eux.

— Et maintenant, décampez !

CHAPITRE VII

DEVIN et Katie s'enfuirent à toutes jambes. Quand ils estimèrent qu'ils étaient assez loin de Maître Watson, ils cessèrent de courir et se remirent à marcher. Ils ne parlaient pas, ne contemplaient plus les arbres ni le ciel, mais gardaient les yeux baissés.

De la brume semblait monter du sol de la forêt.

Une araignée avait tissé sa toile entre deux tiges de fougère et un papillon était venu se prendre dans le piège de soie. La brume étendit ses doigts silencieux vers la toile, s'enroula autour d'elle, flotta au travers et s'en échappa, plus chanceuse que le papillon.

Devin ne pouvait détacher son esprit de la louve, de la façon dont elle avait continué à se battre malgré ses blessures, du dernier sursaut qu'elle avait eu avant de s'effondrer, toute flasque. Pourtant, dans le ravin, ses yeux jaunes transperçant le brouillard, elle semblait invincible.

Quand le jeune garçon releva enfin la tête, il se rendit compte que le brouillard, sans bruit, les avait enveloppés. Il s'était élevé jusqu'aux branches les plus hautes et semblait accroché là-haut parmi les feuilles.

— Viens, Katie, dit-il en prenant la main de son amie. Rentrons.

— Devin, j'ai peur, avoua Katie. Que ferons-nous si un dullahan arrive ?

Devin ne voulait pas qu'elle sache à quel point il était effrayé, lui aussi.

— Les dullahans ne peuvent pas pénétrer dans

la forêt, riposta-t-il. Leurs coches n'ont pas la place de rouler, entre les arbres.

Mais Katie n'était pas de son avis.

— Ma mère dit qu'ils peuvent se glisser partout où le brouillard se faufile. Même sous les portes.

À cet instant, Bébo dressa les oreilles et lança un jappement aigu, très bref. Katie sursauta et vint se blottir contre Devin. Lui aussi avait entendu quelque chose. Bébo tourna un moment sur place, puis détala dans les bois.

— Bébo ! Bébo ! Reviens ! cria Katie.

Mais la chienne n'obéit pas. Les deux enfants virent sa queue blanche disparaître dans le brouillard. Katie s'élança à sa poursuite.

Devin les appela tous les deux d'une voix forte. Le brouillard s'épaississait, il ne voyait plus ni la chienne ni la petite fille. Il ne pouvait s'orienter qu'à la voix de Katie, qui continuait à appeler Bébo. Les branches d'arbres noyées dans la grisaille ressemblaient à de longues griffes qui retenaient les cheveux et les habits de Devin. L'herbe et les pierres du sous-bois étaient glissantes. Le jeune garçon tendit une main pour garder son équilibre et se retint à un tronc rugueux. Ses doigts effleurèrent une chose humide et visqueuse ; il retira sa main en toute hâte. Ce n'étaient que des champignons mouillés par le brouillard, qui poussaient entre les racines de l'arbre.

Un bruit de pas se fit entendre. Des branches craquaient sous les pieds de l'arrivant. L'herbe bruissait en s'écartant pour lui livrer passage.

— Katie, c'est toi ? appela Devin.

Mais la « chose » qui venait vers lui ne répondit pas. Elle avançait en zigzag. Devin était terrorisé.

— Katie, où es-tu ? cria-t-il encore.

Toujours pas de réponse. Et la « chose » qui approchait de plus en plus. Il aurait voulu tourner les talons et s'enfuir, mais ses jambes refusaient de bouger. Son corps était paralysé. Il lui semblait que son cœur battait en plusieurs endroits, de chaque côté de son crâne, où il résonnait comme un tambour près de ses oreilles, de plus en plus fort, et derrière ses yeux à la façon d'un écho.

Soudain, une créature à fourrure surgit du brouillard et se jeta sur lui. Devin se mit à hurler mais s'arrêta en plein cri en reconnaissant Bébo.

La chienne était surexcitée. Elle le léchait, le prenait d'assaut avec ses pattes. Son pelage mouillé par le brouillard avait une odeur inhabituelle — une odeur sauvage.

Devin se pencha vers elle et caressa ses oreilles soyeuses. Elle était couverte de petits éclats de bois pourri et de sciure. Elle en avait jusque sur le museau. Il voulut la nettoyer, mais comme elle perdait ses poils il se retrouva avec un paquet de laine humide dans les mains. Alors qu'il essayait de s'en débarrasser, Bébo disparut de nouveau.

— Bébo ! Devin ! Où êtes-vous ?

Katie apparut, ses cheveux couleur de blé luisants d'humidité, son visage rond rougi par le brouillard.

— Bébo a trouvé quelque chose, annonça-t-elle, mais je ne sais pas ce que c'est. Elle était repartie avant que j'arrive.

Ils se remirent à appeler la chienne. Leurs voix étouffées par le brouillard rendaient un son étrange.

— Et si elle avait trouvé un dullahan ? lança Katie d'un ton incertain.

— Les chiens n'aiment pas les fantômes, répondit Devin. Elle n'y serait pas retournée.

Ils continuèrent à appeler et à siffler. Bébo revint enfin, le museau à nouveau couvert de sciure et d'éclats de bois. Elle sauta joyeusement autour de Katie, puis s'en alla encore.

Une brise se leva et fit flotter le brouillard au-dessus du sol. À la faveur de cette éclaircie, Katie et Devin aperçurent Bébo la tête enfoncée dans un tronc d'arbre creux tombé sur le sol. Mais la brise cessa et le brouillard redescendit, recouvrant tout d'une couche d'ouate.

Tandis que les deux enfants se dirigeaient vers la chienne, ils entendirent de petits grondements rageurs. Bébo était toujours allongée par terre, le museau coincé dans l'arbre creux. Katie l'appela. Elle se dégagea, et Devin se pencha pour regarder dans la cavité. Il le fit lentement, redoutant ce qu'il allait découvrir. Bébo, toujours aussi excitée, voulut reprendre sa place ; Devin se retrouva avec des poils mouillés plein la figure.

— Bébo ! cria-t-il.

Katie retint sa chienne par le cou et se pencha à son tour pour regarder avec Devin à l'intérieur de l'arbre creux. Il servait d'entrée à une tanière creusée dans le flanc de la colline. Et dans cette tanière se trouvaient trois boules de fourrure, trois petits louveteaux maladroits qui jouaient à se mordiller et à se bousculer.

Katie et Devin se regardèrent. Ils ne dirent rien, mais chacun d'eux savait ce que l'autre pensait. Ils pensaient tous les deux aux paroles de Maître Watson. *Les chiens ont assez chassé pour aujourd'hui. Mais demain, nous trouverons la tanière et nous détruirons les petits.*

CHAPITRE VIII

Il y avait deux femelles et un mâle. Le mâle était gris sombre, comme un ciel d'orage. Aussi Devin le baptisa-t-il « Sdhoirm », ce qui signifie orage en irlandais. Katie appela ses sœurs « Dun », couleur de châtaigne, et « Beg », petite. Agenouillés sur le sol, les deux enfants ne pouvaient se résoudre à laisser les louveteaux tranquilles. Ils jouaient avec eux, les caressaient. Katie répétait sans cesse qu'ils étaient adorables. Comme tous les petits animaux, les louveteaux étaient très joueurs. Mais leurs dents étaient pointues comme des aiguilles, et quand ils se mirent à mordiller les doigts de leurs nouveaux amis avec un enthousiasme un peu trop débridé, Devin et Katie poussèrent un cri de douleur.

— Ils ont faim, déclara Katie en frottant sa paume que les dents de Dun avaient égratignée.

L'après-midi était déjà bien avancé. Devin trouva dans sa poche une petite croûte de pain qui restait de son déjeuner et la tendit à Beg, la plus menue des trois. Aussitôt, Sdhoirm fondit sur elle et lui arracha le bout de pain.

— Espèce de brute ! s'écria Devin. Laisse quelque chose à ta sœur !

Il reprit le pain, le cassa en deux, donna un morceau à Beg et l'autre à Sdhoirm.

— Et Dun ? demanda Katie. Elle doit avoir faim, elle aussi.

Comme pour lui répondre, Dun se mit à gémir. Ses yeux bleu clair se fixèrent sur Katie, puis sur Devin. Elle sauta vers le jeune garçon et tenta de lui lécher la figure, comme si elle réclamait à manger.

— Leur mère était sûrement partie leur chercher de la nourriture, dit Devin. Ils attendaient son retour.

Il fouilla ses poches en quête d'un autre bout de pain, les retourna, mais ne trouva rien.

Le grand-père de Devin leur avait raconté l'histoire du Nid d'aigle. Deux enfants, un prince et une princesse irlandais, avaient été emmenés dans la montagne par un fidèle serviteur qui voulait leur éviter d'être capturés par les Anglais. Puis le vieux serviteur avait fait une chute et il était mort. Les deux enfants avaient failli périr de faim. Mais deux aigles qui survolaient la forêt les avaient aperçus et leur avaient lancé de la nourriture, ce qui leur avait permis de grandir. Devin et Katie décidèrent qu'ils allaient s'occuper des louveteaux, comme les aigles s'étaient occupés du prince et de la princesse. Ils leur apporteraient à manger, puis ils iraient les cacher dans les montagnes situées au nord de la rivière Glenelly, où ils seraient en sécurité.

Devin et Katie regagnèrent la ville à toutes

jambes. Dès qu'ils arrivèrent aux premières maisons, ils se séparèrent pour ne pas éveiller les soupçons. Katie fila devant, tandis que Devin la regardait descendre en courant la rue principale. Ses nattes voltigeaient derrière elle, ses jupes remontaient en ballonnant autour de ses genoux. Il espérait que personne ne la verrait, même si le brouillard était moins épais ici que dans la forêt.

Le jeune garçon décida de passer derrière les maisons pour rejoindre les quartiers sud de Scotch Town. Le moulin, l'échoppe du boucher et la forge se trouvaient de ce côté, près de la rivière Owenkillew. Devin n'aimait guère passer par là, en général, car il craignait toujours de tomber sur Paul Chandler. Mais c'était le plus court chemin pour rentrer chez lui.

En marchant, il entendait le tintement sonore et régulier du marteau de Thomas Costello. Il lui aurait volontiers raconté la découverte des louveteaux, mais il se souvint à temps que l'ancien boxeur avait aussi chassé le loup. Non. Cela devait rester un secret entre Katie et lui.

Devin longea la rivière. La grande roue du moulin, couverte de mousse, tournait sans fin dans le courant. Le bois grinçait et gémissait chaque fois que l'eau s'engouffrait entre les pales. C'était ici que les fermiers apportaient leur avoine pour en faire de la farine, et que Devin apportait le grain à moudre pour la vache de la famille. Tout à coup, il se souvint que sa mère allait lui demander de traire la vache, quand il rentrerait. Et il aurait d'autres menus travaux à faire. Le temps pressait ! Pris par un sentiment d'urgence, il se mit à courir.

Une douleur aussi violente que soudaine à l'omoplate lui arracha un cri et le fit s'arrêter. Une pierre l'avait atteint à l'épaule droite. Une autre le toucha au bras. Paul Chandler émergea de derrière le moulin.

— Alors, on joue au renard, O'Hara-la-mauviette ? Je t'ai vu revenir de la forêt avec cette bêtasse de Katie.

Il avait un regard dur, plein de méchanceté. Il tenait dans la main gauche une fronde prête à tirer. Sean et Jimmy étaient avec lui. Jimmy voulut défendre Devin.

— Laisse-le tranquille, Paul. Filons.

— Je ne t'ai rien demandé, Jimmy, maugréa Paul en se tournant vers Devin. Alors, qu'est-ce que vous faisiez ?

Devin ne voulait pas se battre avec Paul. Il voulait qu'on le laisse tranquille, pour qu'il puisse aller chercher à manger pour les louveteaux. Paul grimaçait, et sa grimace révélait une dent cariée.

— Ça ne te regarde pas, rétorqua Devin qui tourna les talons, prêt à s'éloigner.

— Tu vas répondre, espèce d'avorton !

Paul attrapa Devin par l'épaule et l'obligea à faire volte-face.

— Qu'est-ce que vous mijotez, cette bêtasse de Katie et toi ?

— Il est plus petit que toi, intervint Jimmy.

— Oui, mais il se croit plus grand. Pas vrai, mauviette ? Sean, déterre quelques asticots !

Paul revint à Devin.

— Tu te crois plus fort depuis que ce Costello est en ville, hein ? lança-t-il en lui donnant une bourrade.

Devin la lui rendit et ils se tinrent debout l'un devant l'autre, se fusillant du regard.

— Qu'est-ce que tu dirais d'avaler quelques asticots, l'asticot ? ricana le fils du boucher.

— Mange-les toi-même. C'est toi qui t'appelles asticot.

— Sean, presse-toi !

— Je n'en trouve pas !

— Soulève les pierres, espèce d'idiot !

De nouveau, Paul Chandler toisa Devin d'un air méprisant.

— Tu te crois grand, crachat d'avorton ?

— Ça y est ! J'en tiens deux beaux, bien gras ! s'écria Sean qui s'approcha, laissant pendre entre ses doigts deux vers grisâtres et lisses.

— Et maintenant, Jimmy, nous allons nous amuser un peu. Viens ici, crachat d'asticot. Ton dîner est prêt.

— Je te le laisse. Ce sont les gens nommés Chandler qui se nourrissent d'asticots, répéta Devin.

Paul se jeta sur Devin, les poings en avant, mais Devin frappa le premier en lui décochant deux directs bien placés : un dans la mâchoire, l'autre au creux de l'estomac. Paul gémit sous la douleur et se laissa tomber sur les genoux.

— Frappe-le encore ! cria Jimmy.

Devin aurait bien aimé prendre sa revanche. Il aurait voulu frapper Paul pour toutes les fois où il lui avait fait mordre la poussière, mis les yeux au beurre noir, marqué les bras de bleus, toutes les fois où il l'avait fait pleurer. Il avait envie de le taper encore et encore, sans s'arrêter. Mais les paroles de Thomas Costello le retenaient. *On ne frappe jamais un homme à terre.*

Sean se tenait près des deux garçons.

— J'ai les vers ! répéta-t-il en les faisant danser au bout de ses doigts.

— Fais-les-lui manger à *lui !* déclara Jimmy. Devin a raison. C'est lui, l'asticot.

Les mots de Costello furent les plus forts. Devin tourna les talons et s'éloigna le long du moulin, lentement d'abord, avant de se mettre à courir. Jimmy s'élança à sa suite.

Paul se redressa et cria :

— Jimmy, reviens ici !

Mais Jimmy courait toujours derrière Devin. Il ne restait plus que Sean, qui contemplait d'un air ravi les vers qu'il faisait passer de l'une à l'autre de ses paumes terreuses.

— Jette-moi ça, espèce d'arriéré ! rugit Paul.

Il regarda Devin qui devenait de plus en plus petit dans le lointain.

— Je te le revaudrai, avorton de malheur ! hurla-t-il dans sa direction. Je te le revaudrai !

CHAPITRE IX

DEVIN ne s'arrêta de courir qu'une fois devant chez lui. Jimmy le rattrapa.

— Est-ce que je peux entrer avec toi ? demanda-t-il. Je te prêterai ma fronde.

Devin, prudent, répondit simplement qu'il allait repartir tout de suite.

— Tu ne peux quand même pas jouer tout le temps avec une fille ! lança Jimmy.

À cet instant, sa mère sortit sur le seuil et lui fit signe de venir. Il lui jeta un coup d'œil furieux, puis attendit encore que Devin dise quelque chose. Comme rien ne venait, il lui tendit sa fronde.

— Tiens, tu peux t'en servir, dit-il.

Devin, les yeux rivés sur le sol, frottait le bout de sa chaussure sur une pierre. Il ignora la fronde et resta muet.

— Bon, je crois que je ferais mieux de m'en aller, lâcha Jimmy au bout d'un moment.

Lentement, il se détourna et s'éloigna.

La maison dans laquelle Devin habitait avec ses parents appartenait à son grand-père. Quand il avait quatre ou cinq ans, la vache et les poules étaient logées au fond de la grande salle, il s'en souvenait encore. Les Irlandais pensaient que cela portait chance de garder une vache à proximité du foyer, mais les voyageurs anglais n'aimaient pas dormir dans la même pièce que des animaux. La mère de Devin avait persuadé le vieil homme de transformer l'étable en chambre d'hôte. Puis le père du jeune garçon, qui travaillait comme tailleur de pierres dans une carrière à l'extérieur de la ville, avait construit une autre étable à quelques mètres de la maison.

Au début, le grand-père de Devin aidait à la taverne. À présent il passait le plus clair de son temps près du feu, assis dans un grand fauteuil de chêne taillé dans une souche. Il fumait sa pipe, bourrée d'une mixture à l'odeur amère, et racontait histoire sur histoire. C'était la mère de Devin qui s'occupait de la taverne. Devin avait pour tâche de la seconder.

La taverne s'appelait *Taverne du Sanglier noir.* Pour ceux qui ne savaient pas lire, une grande enseigne en bois représentant une tête de sanglier était accrochée au-dessus de la porte. Un fer à cheval cloué sur le linteau devait porter chance à la maison et à ses occupants. Un autre était fixé sur la porte de l'étable. Jusqu'à présent, ils semblaient avoir rempli leur office : les O'Hara n'étaient pas riches, mais ils s'en sortaient beaucoup mieux que les fermiers qui louaient des terres à Maître Watson ou que les mendiants qui venaient quêter de quoi manger.

La taverne ne possédait pas de cheminée : le foyer se trouvait au centre de la pièce, et comme les O'Hara ne brûlaient que de la tourbe, qui ne dégageait pas d'étincelles, il n'était pas nécessaire d'avoir un conduit. Le feu ne brûlait jamais très haut. La fumée montait vers les poutres et s'échappait à travers le chaume ; elle empêchait les souris, les oiseaux et les guêpes de nicher dans la paille et de l'abîmer. La tourbe répandait une odeur douceâtre, avec des relents d'herbe et de plantes aromatiques.

Au fond de la maison, dans le coin le plus éloigné du feu, les pierres étaient si humides qu'elles se couvraient de mousse. Mais il faisait tellement bon près de la tourbe qui se consumait doucement avec de petites flammes bleues et roses, par les glaciales nuits d'hiver, quand la pluie ruisselait sur le toit de chaume et que le grand-père racontait des histoires... Pour rien au monde Devin n'aurait voulu être ailleurs.

Le sol de la taverne était en terre battue, très dure. On dormait à droite du foyer, on buvait et on mangeait à gauche. Les parents de Devin dormaient dans un lit de bois que le grand-père avait sculpté. Le jeune garçon, lui, couchait par terre, sur une paillasse recouverte d'un édredon de plumes d'oie. Quant à Papli, il dormait assis dans son grand fauteuil. Il avait des poumons paresseux, et s'il s'allongeait il ne pouvait pas bien respirer.

Du côté de la salle à manger, le mobilier se résumait à trois bancs alignés contre le mur et à trois tables. Contre un mur se trouvait la grosse barrique de chêne dans laquelle on conservait la bière.

La mère de Devin cuisinait dans de grands chaudrons de fer à trois pieds posés sur les braises. Lorsqu'il entra, elle lui tournait le dos, occupée à remuer un ragoût dans une marmite.

— Où donc as-tu passé tout l'après-midi ? lança-t-elle.

— Nulle part.

— Nulle part, tiens donc ! Dans ce cas, dis-moi un peu comment tu as fait pour te couvrir de brindilles et d'herbe.

Elle s'approcha de son fils et brossa sa manche d'un revers de main.

— Tu t'es encore bagarré, pas vrai ?

Il haussa les épaules.

— Toujours ce Chandler ? Pourquoi ne laisses-tu pas tranquilles les têtes brûlées de son espèce ?

— Cette fois-ci, c'est moi qui ai gagné ! annonça fièrement Devin. Je l'ai touché au menton et à l'estomac, et il...

— Est-ce que Notre-Seigneur Jésus ne disait pas que nous ne devons pas nous battre ?

— Jésus n'avait pas un gredin comme Paul Chandler sur le dos ! répliqua le jeune garçon.

— Devin, Devin, que vais-je faire de toi ? Tu vas finir par te faire tuer, un de ces jours !

— Non, parce qu'il ne peut plus me vaincre, à présent. Thomas m'a montré comment me défendre.

— Encore un qui n'a pas de cervelle, ce Thomas Costello. Un adulte qui montre à un gamin comment se servir de ses poings !

Devin changea de sujet. Il avait plus urgent à faire.

— Est-ce que tu as des restes ou des os ?

— Pourquoi donc voudrais-tu des choses pareilles ?

— Pour Bébo, lança Devin qui avait préparé sa réponse.

— Il y a un os dans le placard. Mais attention ! Tu dois d'abord traire la vache !

— Est-ce que je ne peux pas le faire plus tard ? Katie m'a dit que Bébo avait très faim.

— Si j'en juge par son apparence, cela ne lui ferait pas de mal de jeûner de temps en temps. Elle est aussi ronde et grasse qu'une panse de cochon, cette chienne.

— Il me faut cet os tout de suite. J'ai promis à Katie.

— Devin ! Tu vas traire la vache tout de suite, sinon j'en parle à ton père quand il rentrera. Il ne sera pas aussi indulgent que moi ! Je dois aller voir Molly Flannagan ; elle ne se sent pas très bien. Quand je reviendrai, je compte sur toi pour avoir fini.

Elle lui tendit un seau de bois. En apprenant que sa mère allait s'absenter, le cœur de Devin avait bondi dans sa poitrine. Il prit le seau d'un faux air résigné et quitta la maison, le laissant ballotter contre ses jambes. Mais il n'alla pas jusqu'à l'étable ; de là-bas, il ne verrait pas sortir sa mère.

Il se cacha au coin du mur, posa le seau par terre et attendit. La joue appuyée contre la pierre fraîche et rugueuse, il s'amusa à suivre du doigt les contours carrés ou rectangulaires des blocs. Dès que sa mère serait partie, il irait prendre l'os et courrait rejoindre Katie. Il trairait la vache à son retour.

Mais que faisait donc sa mère ? Pourquoi mettait-elle si longtemps ? Elle lui disait toujours de se dépêcher. « Vite, vite, vite ! » criait-elle sans arrêt. Mais se pressait-elle, elle ? Jamais ! Elle prenait toujours le temps qui lui convenait. Ce n'était pas juste.

Une araignée, un faucheux aux longues pattes fines, grimpait lentement le long du mur, déplaçant une patte après l'autre. Devin plaça sa main devant la bête ; elle s'arrêta un instant, posa une patte grêle sur l'index de Devin, puis une autre. Elle se trouvait à présent sur son articulation.

Tout à coup, quelque chose effleura son oreille. Il poussa un cri strident et fit un bond de près d'un mètre, pirouettant sur lui-même et envoyant valdinguer le seau qui roula dans un beau vacarme. Sa mère se tenait devant lui.

— Par toutes les étoiles du ciel, qu'est-ce que tu fais donc ici ? Peux-tu me le dire ?

— Rien.

— Devin ! Dieu m'est témoin que je commence à perdre patience. File traire cette vache !

— Qu'est-ce que tu fais là ? demanda Devin.

— J'allais étendre du linge quand je t'ai aperçu en train de te faufiler par là.

— J'essayais d'attraper une araignée, déclara Devin en cherchant l'animal en question. Elle était là il y a une minute. Tu lui as fait peur !

Il jeta à sa mère un regard furibond. Au même instant, Katie arriva en courant.

— Vous pourrez prendre l'os dans le placard dès que monsieur-le-futé aura terminé son travail, lança la mère de Devin. Et maintenant filez, tous les deux. Je vous ai assez vus.

Devin regarda encore sa mère de travers, mais il prit le seau et se dirigea vers l'étable. Quand il tira la porte pour l'ouvrir, elle émit un craquement sinistre. Cela aussi, c'était quelque chose que Devin devait faire depuis longtemps : graisser les gonds avec du lard pour qu'ils ne grincent plus.

Mais il oubliait tout le temps. Il tira encore, d'un geste furieux, et la porte grinça de plus belle. Le fer à cheval retomba lourdement contre le bois.

Branwen, la vache, se trouvait déjà dans l'étable. Elle était marron clair, avec de grands yeux limpides pleins de douceur et de curiosité qui correspondaient à son tempérament. Elle meugla gentiment. Devin savait que c'était sa façon à elle de dire qu'elle était contente de le voir.

En temps normal, il faisait les choses dans un certain ordre. Il commençait par aller jusqu'à Branwen, lui parlait, caressait son front orné d'un toupet de poils frisés qui ressemblaient à de minuscules ressorts très doux. Ensuite il l'attachait à la mangeoire, la brossait, la trayait — tout cela en lui chantant des chansons et en lui parlant.

Branwen n'avait rien de sauvage. Il l'attachait seulement pour l'empêcher de se retourner et de lui lécher la figure à la fin de son repas. Elle voulait seulement le remercier et lui témoigner son affection. Mais une langue de vache est énorme et cent fois plus râpeuse qu'une langue de chat. Quand Branwen lui léchait la figure, Devin avait l'impression de recevoir un sac de sable en plein visage. Il aimait beaucoup sa vache, mais il n'appréciait pas ses caresses, voilà tout.

Ce jour-là, Devin était pressé. Il ne caressa pas le front de Branwen et ne lui gratta pas l'arrière des oreilles. Il se pencha en toute hâte dans la mangeoire pour attraper la corde. Sa veste en tricot remonta le long de son dos, exposant une bande de peau nue. Alors Branwen, toujours prête à démontrer son affection, le lécha aussi fort qu'elle put. Devin poussa un hurlement et laissa retomber la corde.

— Hé ! Tu me fais mal ! gronda-t-il en se frottant le dos.

Les grands yeux bruns prirent une expression d'une tristesse infinie, et la vache détourna la tête. Aussitôt, le jeune garçon jeta ses deux bras autour de son cou et lui taquina les oreilles.

— Pardon, dit-il. Je ne voulais pas te blesser, mais ta langue est faite pour brouter l'herbe, pas pour embrasser les gens !

Il se frotta le dos une fois encore. Après quoi il attacha Branwen, lui flatta le cou, l'épaule, la croupe et alla lui chercher à manger. Il lui donnait un mélange d'avoine moulue, de sel et de son ;

c'était horriblement rêche et poussiéreux, mais elle adorait ça. Elle y plongeait le mufle puis redressait la tête et mâchait d'un air langoureux, les yeux fermés, sa langue râpeuse tournant sans fin dans sa bouche.

Craignant d'être entendus par la mère de Devin, les deux enfants n'avaient pas encore osé parler. Katie finit par demander à son camarade :

— Pourquoi voulais-tu un os ?

— Pourquoi, à ton avis ? Espèce de cervelle d'oiseau !

Il commençait à se demander si le déménagement des louveteaux avec une fille était une bonne idée. La réflexion de Jimmy l'avait embarrassé. Quand il avait lancé : « Tu ne peux quand même pas jouer tout le temps avec une fille ! », il avait plissé son nez criblé de taches de rousseur d'un air qui en disait long.

— Cervelle d'oiseau toi-même, riposta Katie.

Devin attrapa le tabouret à traire et s'assit près de Branwen.

— Je ne suis pas aussi bête que toi, rétorqua-t-il. Je voulais un os pour les louveteaux.

Le tabouret était un petit trépied tout simple,

avec un siège rond, que le grand-père de Devin avait fabriqué et ajusté. Katie vint se placer près de Devin pour le regarder traire.

— Quiconque veut donner des os à des bébés est un idiot, insista-t-elle.

Devin plaça le seau sous la mammelle de Branwen, puis cala son front dans le creux rond et chaud qui séparait son ventre de sa patte arrière. Là, il pouvait entendre les bruissements et les gargouillis de son estomac pendant qu'elle ruminait.

— Il faut qu'ils mangent, reprit Devin.

Il empoigna deux tétines et commença à traire. Les tétines étaient gonflées de lait, à peu près aussi grosses que des doigts d'adulte. La peau en était lisse et douce, contrairement à celle de la mammelle qui était couverte de fins poils blancs. Quand Devin tira sur la première, puis sur la seconde, la première giclée de lait heurta le fond du seau avec un chuintement suivi d'un bruit sourd. Pchhh... Pchhh... Pchhh... Puis le seau commença à se remplir et le bruit changea, devint liquide et mousseux.

— Tu ne sais vraiment rien ! s'emporta Katie.

Des bébés-loups ne peuvent pas ronger des os, gros bêta ! Il leur faut de la nourriture molle.

— C'est ta tête qui est molle.

Orientant une tétine dans la direction de Katie, il lui aspergea le visage d'un jet de lait.

— Devin, arrête !

Katie s'essuyait la figure avec les mains. Vexée, elle alla s'asseoir sur le petit mur bas qui séparait la place de Branwen du reste de l'étable.

— C'est justement ce qu'il leur faut, idiot, bougonna-t-elle d'un ton dédaigneux. Du lait, pas des os.

— Ils ont besoin d'os *aussi*. Comment leurs dents se renforcent-elles, à ton avis ? En rongeant des os.

— Mais ils vont perdre leurs dents de bébé, comme tu as perdu les tiennes quand tu étais petit, imbécile !

— Si tu es si intelligente, que fais-tu assise là-bas ?

— Que veux-tu que je fasse d'autre ? Me tenir près de toi pour que tu m'asperges encore de lait, cervelle d'araignée ?

— Non, cervelle d'araignée. Tu peux venir m'aider, pour que nous finissions plus vite.

CHAPITRE X

À l'aide d'une louche, Devin et Katie avaient transvasé du lait dans une flasque de cuir. Ils avaient trouvé à la taverne des restes de viande et des bouts de gras qu'ils avaient mis dans une escarcelle, puis ils étaient sortis de la ville en cachette.

À présent Katie venait de verser le lait dans une

écuelle, mais les louveteaux refusaient de boire. En revanche, ils ne cessaient de lécher la figure des deux enfants.

— Pourquoi nous lèchent-ils sans arrêt ? finit par crier la petite fille.

Devin l'ignorait. Il réfléchit à sa question tandis qu'il renversait sur le sol le contenu de l'escarcelle. Quand les louveteaux, après avoir dévoré la viande, s'attaquèrent vigoureusement à l'os, il pensa avoir trouvé la réponse.

— Ce sont des loups, déclara-t-il d'un ton détaché. Ils mangent de la viande crue. Leur mère devait leur en apporter dans sa gueule.

Lorsqu'ils eurent raclé tout ce qui restait sur l'os, les louveteaux refusèrent encore de boire le lait. Ils préféraient lécher les mains des deux enfants, qui conservaient encore une odeur de nourriture, et cherchaient toujours à leur lécher les joues et la bouche. Sdhoirm, de sa petite langue rose, chatouillait le cou et le menton de Devin.

— Ils sont déjà sevrés, constata Devin. Il va falloir leur apporter davantage de viande.

Maintenant, il s'agissait de les déménager. Devin remit l'os dans sa poche et s'empara de

Sdhoirm et de Dun, les prenant chacun sur un bras. Katie portait Beg. Les deux louveteaux de Devin se tortillaient dans tous les sens et grognaient tant et plus : ils cherchaient à mordiller les boutons de bois gris de son tricot. Quand ils les eurent bien mâchonnés, qu'ils eurent bien tiré dessus, ils trouvèrent un autre passe-temps et entreprirent de mordiller le cou de Devin, puis ses oreilles.

— Ouille ! s'écria-t-il.

Il abaissa les bras, afin que Sdhoirm ne puisse plus monter si haut. Le petit loup se remit à mâchonner les boutons, puis, quand il en fut lassé, s'attaqua à la queue de sa sœur. Elle réagit en lui donnant un coup de patte sur le museau, et il alla se cacher en gémissant au creux de l'épaule de Devin, sa petite truffe froide et humide logée contre son cou. Il demeura ainsi jusqu'à ce que les deux enfants arrivent au bord de la rivière Glenelly.

À l'endroit du gué, la rivière était étroite et peu profonde. Devin et Katie s'arrêtèrent au bord, déposèrent les louveteaux sur la berge et ôtèrent leurs chaussures pour ne pas les mouiller.

Dun trouva un bâton et se mit à le mordre avec des grognements rageurs. Beg, assise sur son arrière-train, essayait d'attraper une puce qui lui mordait l'oreille et se grattait avec une de ses pattes arrière. Quand elle eut fini, elle pencha la tête sur le côté et contempla Devin et Katie d'un air perplexe qui semblait dire : « Pourquoi faites-vous ça ? » Sdhoirm, lui, découvrit un gros scarabée noir qui rampait sur les galets. Il fondit sur l'insecte et l'avala tout rond avec un claquement sec des mâchoires.

— Bébo ne mange pas les scarabées, remarqua Katie.

— Sdhoirm est un chasseur, dit Devin. Pas elle.

Ensuite, le louveteau tomba sur l'une des chaussures de Devin et s'y attaqua ; elle contenait un vrai trésor, une merveille à mordiller : le bas en laine du jeune garçon.

— Hé ! cria Devin. Rends-moi ma chaussette !

Mais Sdhoirm n'avait pas l'intention de s'en séparer. Il tira plus fort, grognant d'un air féroce et agitant la tête dans tous les sens tandis que Devin tirait de l'autre côté.

Le jeune garçon essaya d'ouvrir les mâchoires du louveteau, le plus doucement possible, mais Sdhoirm lui donna un coup de dents qui lui entama la peau. Devin poussa un cri et retira son doigt. Il ne se doutait pas à quel point les mâchoires d'un louveteau étaient bien plus puissantes que celles d'un chiot. Et si les petits loups ressemblaient à leurs cousins, s'ils étaient aussi joueurs, il ne fallait pas se fier aux apparences : leurs dents étaient beaucoup plus pointues et beaucoup plus fortes.

Sdhoirm ne lâchait toujours pas la chaussette. Alors Devin se souvint de la façon dont sa sœur s'était débarrassée de lui un moment plus tôt en lui tapant sur le museau, et lui envoya une pichenette juste au-dessus de la truffe. L'effet fut immédiat.

Prudemment, ils traversèrent la rivière. Sur l'autre rive, à plusieurs centaines de mètres du cours d'eau, Devin et Katie trouvèrent une sorte de grotte. Ils y déposèrent les louveteaux avec leur os, puis entreprirent de boucher l'entrée avec des branches et des brindilles pour empêcher les petits animaux de sortir. Chaque fois qu'ils empoignaient un bâton, Bébo, qui ne songeait qu'à jouer, aboyait et remuait la queue d'un air joyeux. Quelquefois, les enfants accédaient à ses désirs. Elle courait chercher sa proie, la ramenait à leurs pieds et jappait avec impatience en attendant qu'ils recommencent.

*
**

Le lendemain, quand Maître Watson traversa le village en trombe avec ses chasseurs et ses chiens, Devin et Katie échangèrent un coup d'œil complice.

— Tu crois que les louveteaux sont en sûreté ? murmura Katie.

— Oui, répondit Devin. Les chiens perdent une trace quand celle-ci traverse une rivière.

Cela ne l'empêchait pas d'être inquiet, toutefois, et dès qu'ils le purent, les deux enfants se faufilèrent hors du village pour gagner le Creux de Barne. Ils traversèrent la rivière Glenelly et coururent vers la grotte. Mais lorsqu'ils écartèrent les branchages pour regarder à l'intérieur, leur cœur s'arrêta.

— Devin ! cria Katie. Ils ne sont plus là !

La grotte était vide, en effet. Seul restait l'os abandonné. Les deux enfants tendirent l'oreille, guettant un bruit. En vain. Ils ne perçurent aucun grondement, aucune plainte. Juste le croassement rauque d'un corbeau dans un arbre voisin.

Puis quelque chose de gris bougea au fond du trou et Dun fit son apparition, vacillant sur ses pattes, l'air endormi, ouvrant la gueule en un énorme bâillement. Après quoi elle posa son museau sur ses pattes avant et s'étira au maximum. Quand elle vit Devin et Katie, elle se mit à gémir. Bientôt Beg parut derrière elle, s'avançant à son tour au soleil.

Mais Sdhoirm était invisible. Devin se faufila à croupetons dans la grotte, siffla, appela... Le louveteau ne se montrait toujours pas.

Soudain, Katie aperçut une ombre grise derrière un buisson.

— Il est là, Devin ! cria-t-elle en courant chercher le louveteau.

Dès qu'elle le souleva dans ses bras, il se mit à mâchonner les rubans rouges qui nouaient ses tresses.

— Arrête ! le gronda-t-elle. Tu es un vilain, un vilain garçon ! Tu vas te perdre !

— Il a réussi à se frayer un passage à travers les branches, dit Devin. Il va falloir les empiler mieux que ça, cette fois.

Ils alimentèrent les louveteaux avec du pain, des restes de viande et trois poissons que Devin avait subtilisés sur la table du petit déjeuner. Tandis qu'ils jouaient avec eux, ils guettaient les aboiements des chiens de chasse de Maître Watson. À un moment donné Katie leva vivement la tête, croyant les avoir entendus non loin de là. Mais ils étaient de l'autre côté de la rivière. Pendant quelques instants, ils se rapprochèrent. Devin et Katie se tenaient sur leurs gardes, prêts à emporter les louveteaux à toutes jambes dans la montagne si le danger se précisait. Puis les aboiements s'éloignèrent et disparurent.

Devin serra les petits loups contre lui et enfouit son visage dans leur fourrure.

— Vous ne craignez plus rien, maintenant ! Vous êtes tous sains et saufs. Nous allons vous protéger.

CHAPITRE XI

Au cours des semaines qui suivirent, les louveteaux grandirent à une vitesse incroyable. À la taverne, Devin était constamment à l'affût de nourriture pouvant être emportée en secret. Et si, au début, ils se contentaient de restes de viande, d'os et de croûtes de pain, bientôt les jeunes animaux se montrèrent plus exigeants. Les deux enfants durent pêcher des poissons et attraper des souris en complément.

Durant cette période, trois éléments ne varièrent pas : tout d'abord, quelle que soit la quantité de nourriture apportée par Devin et Katie, les louveteaux n'étaient jamais rassasiés ; ensuite les enfants avaient beau ajouter toutes les branches et brindilles possibles à la barrière qui fermait la grotte, Sdhoirm trouvait toujours le moyen de s'échapper. Enfin, bien que l'été fût arrivé, il y avait classe deux matinées par semaine.

Devin détestait l'école. Il avait horreur de rester assis des heures entières sur des chaises dures qu'il trouvait ridicules et il ne pouvait pas souffrir M. O'Grady, le maître. M. O'Grady était vieux, courbé et marchait avec une canne ; il portait toujours un foulard autour du cou, même en plein été, et il avait sans arrêt le hoquet. Ses mains étaient noueuses, déformées, ridées, avec de grosses veines bleues qui ressemblaient à des vers. Mais le pire de tout était son haleine. Elle puait. Elle sentait aussi mauvais qu'une barrique pleine de viande avariée. Or, quand il demandait à Devin d'épeler des mots, il avait l'habitude de se pencher sur lui et de lui souffler dessus ; puis il lui tirait les oreilles s'il s'était trompé.

En fait, l'école n'était pas une véritable école. La loi interdisait aux Irlandais d'avoir de vraies écoles, car les Anglais craignaient qu'une fois instruits ils ne se rebellent contre l'autorité britannique. Les enfants des riches Irlandais étaient envoyés en Angleterre ou en France pour y recevoir une éducation appropriée. Mais à Scotch Town la seule école était secrète, une école clandestine organisée par M. O'Grady dans sa cuisine. Maître Watson ne devait surtout pas en soupçonner l'existence. Pour ce qui était de Devin, si l'Anglais l'avait découverte et interdite cela ne l'aurait pas dérangé. Mais sa mère n'était pas de cet avis. Elle disait que s'il n'apprenait pas à lire et à écrire il deviendrait un cancre. Devin protestait : il préférait devenir un cancre plutôt que d'avoir à subir l'haleine empestée du vieil O'Grady. Mais sa mère l'envoyait quand même en classe.

Dès que l'école était finie, Devin et Katie sortaient en trombe de chez M. O'Grady et détalaient dans la rue comme s'ils venaient d'être libérés de prison. Mais ce matin-là Katie n'était pas venue en classe. Elle avait un rhume et était restée chez elle. Quand Devin avait un rhume, personne ne lui disait de rester à la maison ou de garder le lit. S'il toussait, sa mère faisait bouillir deux ou trois escargots dans une tisane d'orge et lui donnait à boire ce remède. C'était tout. Mais le père de Katie était médecin. Quand sa fille ne se sentait pas bien, il l'obligeait à rester couchée et lui posait des sangsues pour aspirer le mauvais sang ; ensuite, elle devait rester à la maison jusqu'à ce qu'elle aille mieux.

Devin était furieux contre elle, ce matin-là. On était au début de l'été ; ce n'était pas une saison pour tomber malade, alors que les journées étaient longues et chaudes ! Il ôta son chandail. Les champs de pommes de terre étaient couverts de fleurs blanches, les arbres resplendissaient. Le parfum pénétrant de la myrte des marais montait des collines et des fossés. Les garçons, eux, ne tombent pas malades en été, se disait-il avec colère.

En rentrant chez lui, il s'accrocha des deux mains à une branche d'arbre et se laissa pendre par les genoux, la tête en bas. Dans cette position, tout lui apparaissait à l'envers : les maisons de la rue étaient à l'envers, toit de chaume en bas et murs de pierres en haut ; Mme Flannagan, l'amie de sa mère, s'avançait avec son panier, à l'envers, elle aussi, et semblait marcher sur la tête. Même chose pour une vieille charrette tirée par un cheval, dont les roues en bois grinçaient et craquaient.

— Qu'est-ce que tu fabriques ?

La voix avait retenti derrière Devin. Il sauta à terre et se trouva face à Jimmy O'Brien.

Jimmy essayait de renouer avec lui depuis qu'il avait triomphé de Paul Chandler, mais depuis ce moment-là aussi Devin passait tout son temps à chercher de la nourriture pour les louveteaux et n'était jamais libre pour jouer avec Jimmy. En outre, celui-ci continuait à fréquenter Paul.

— Pas grand-chose, répondit Devin.

— Je peux en faire autant, dit Jimmy. Je suis monté tout en haut de cet arbre, une fois.

— Tu parles d'une affaire ! marmonna Devin. Bon. Je crois que je ferais mieux d'y aller.

Il devait encore attraper quelques poissons pour les jeunes loups. Jimmy, alors, tira de sa chemise une flûte magnifique et se mit à en jouer. La flûte mesurait près d'un pied de long. Elle était en bois de frêne, d'un beau brun doré, et elle avait été polie et cirée avec tant de soin qu'elle étincelait au soleil.

— Hé ! s'écria Devin. Elle est rudement belle ! D'où la sors-tu ?

— C'est mon père qui me l'a faite.

Il la tourna entre ses doigts. De nouveau, le soleil la fit resplendir. Puis il recommença à en jouer et cette fois-ci elle donna un son très doux, aussi mélodieux que le roucoulement d'une colombe.

Le père de Jimmy lui taillait tout le temps des jouets dans du bois, avec son couteau. Quelquefois il fabriquait des toupies qu'il peignait ensuite de couleurs vives, en rouge, en vert, en jaune. Il taillait aussi des morceaux de bois que l'on pouvait assembler et qui donnaient une maison, une roue, une charrette, un arbre. Le grand-père de Devin aimait beaucoup sculpter le bois, lui aussi. Mais quand Devin lui demandait de lui fabriquer des puzzles comme ceux du père de Jimmy, le résultat n'était jamais aussi bon. Les formes ne s'emboîtaient pas très bien. D'ailleurs, les toupies de Papli ne tournaient pas non plus, et les animaux qu'il essayait de créer — chiens, vaches, oiseaux — étaient loin d'être aussi réussis que ceux du père de Jimmy. Les objets qui sortaient des mains du vieil homme semblaient toujours avoir été taillés par un singe à cinq pouces. Quant au père de Devin, il ne fabriquait jamais rien. Une fois, Devin lui avait demandé de lui faire un puzzle.

— Un puzzle ! avait-il répété en pinçant avec mépris ses lèvres minces. Si tu crois que j'ai le temps de m'amuser à ça, gamin... Tailler des jouets, c'est bon pour les vieux qui n'ont rien d'autre à faire !

Devin mourait d'envie de tenir dans ses mains la flûte brillante, de poser le bout de ses doigts sur les trois trous percés en haut, de former à son tour ces sons merveilleux.

— Tu peux me la faire voir ? demanda-t-il.

Jimmy continua à jouer, comme s'il n'avait pas entendu.

— S'il te plaît ! insista Devin.

Jimmy jouait toujours. La mélodie s'élevait vers les branches de l'arbre, les notes flottaient de feuille en feuille telles de beaux papillons colorés que Devin imaginait dans toute leur splendeur : certains verts, d'autres jaunes avec des ronds bleus, ou encore tout blancs.

— Jimmy, je t'en prie ! supplia-t-il. Laisse-moi y jeter un coup d'œil.

Jimmy s'arrêta enfin.

— Mon père m'a dit de ne la prêter à personne.

Pour Devin, la flûte étincelante semblait être en or. De nouveau, Jimmy la porta à ses lèvres.

— Allez, Jimmy. Ne sois pas égoïste...

Son camarade s'interrompit.

— Qu'est-ce que tu me donneras en échange, si je te laisse jouer ?

Devin se gratta l'oreille un moment, perplexe, puis enfonça une main dans sa poche.

— Je te laisserai voir mon canif.

— Tu me l'as déjà montré. Ça ne marche pas.

Devin tâta son autre poche et sentit sous ses doigts la fourrure si douce et les griffes acérées de sa patte de lapin. Il la sortit et la tendit à Jimmy.

— Que dis-tu de ça ?

Jimmy abaissa la flûte et contempla la main de

Devin d'un air méfiant. Il plissa le nez ; toutes ses taches de rousseur se ramassèrent au même endroit, comme s'il voulait renifler quelque chose. Il avança des doigts prudents vers le talisman.

— Hum... fit-il d'un ton ennuyé, en le soulevant un instant pour le regarder.

— C'est un porte-bonheur, je t'assure ! insista Devin.

Jimmy déplissa le nez et reposa la patte de lapin sur la paume de son camarade.

— Pfff ! Tu n'as que des bricoles sans intérêt.

Il se remit à jouer de la flûte.

— Ce ne sont pas des bricoles ! protesta Devin.

— Mais si, rétorqua Jimmy entre deux notes. Au fait, veux-tu entendre quelque chose de très drôle ? À en pleurer de rire, mon vieux ! Écoute.

Il émit un son rauque qui ressemblait à un hoquet.

— Tu imagines la tête de O'Grady, s'il entendait ça ?

Il recommença, lâchant des tons plus aigus, plus graves, pour finir par une espèce d'explosion sonore. Devin riait à cœur joie.

— Tu te souviens de la fois où tu lisais à haute voix et où j'ai fait semblant d'avoir le hoquet ? lança-t-il.

Les élèves étaient assis dans la cuisine de M. O'Grady. Ils avaient tous entendu Devin, et s'étaient mis à pouffer en cachette derrière leur main. Devin avait recommencé, imité par deux autres garçons. Le vieux maître d'école était fou furieux, mais ne parvenait pas à trouver les coupables. Alors il avait frappé le sol de sa canne ; la poignée avait accroché son foulard, qui était tombé par terre. Comme il se baissait pour le ramasser, Devin s'était levé d'un bond pour faire une horrible grimace dans son dos. Mais il avait trébuché sur le pied de Katie et s'était affalé sur le professeur. Celui-ci avait voulu se raccrocher à un banc et l'avait renversé, envoyant promener les quatre élèves qui étaient assis dessus, dont Katie. La moitié de la classe s'était retrouvée pêle-mêle sur le sol. M. O'Grady s'était fait mal au dos, le père de Katie avait dû lui poser des sangsues pour le soulager et il n'y avait pas eu école pendant un mois.

— Quelle sacrée partie de rigolade ! s'exclama Devin.

Jimmy tira quelques notes joyeuses de sa flûte et ils continuèrent à rire en chœur un bon moment. Soudain, à rire ainsi ensemble, ce fut comme s'ils étaient redevenus amis.

— Allez, laisse-moi voir ta flûte ! reprit Devin.

— Je te la laisserais voir si tu avais quelque chose de vraiment intéressant à me montrer. Attends, écoute encore.

Il souffla dans sa flûte comme dans une trompette.

— Si le père O'Grady entendait ça, nous n'aurions pas classe pendant un an !

Devin l'imita avec sa bouche. Ils rirent encore plus fort. Alors Devin décida d'oublier leur brouille.

— J'ai quelque chose à te montrer, annonça-t-il. Quelque chose qui en vaut la peine.

— Qu'est-ce que c'est ?

— D'abord, tu dois jurer de n'en parler à personne.

— Je te le jure ! Qu'est-ce que c'est ?

— Fais une croix sur ton cœur et dis : « Si je mens, je vais en enfer. »

Il avait réussi à piquer la curiosité de Jimmy. S'il

fallait garder le secret à ce point, la chose devait être intéressante.

— Promis, juré, dit-il. Si je mens, je vais en enfer.

— Tu me promets aussi que tu me laisseras jouer de ta flûte ?

Jimmy contempla l'instrument.

— Ça dépend de ce que tu veux me montrer.

— Promets tout de suite, sinon tu ne verras rien.

Jimmy se gratta la tête.

— Je promets.

— Des louveteaux, lâcha Devin.

Jimmy ouvrit des yeux ronds, comme s'il avait mal compris.

— Des quoi ?

— Des bébés loups. Il y en a trois.

— Mais... leur mère va nous manger, si elle nous trouve !

— Ils n'ont plus de mère. Maître Watson l'a tuée. Nous l'avons vu faire, avec Katie. Il l'a tuée d'un coup de fusil.

Jimmy tendit la jolie flûte à Devin, qui la porta à sa bouche et souffla dedans avec ravissement. Il s'interrompit un instant.

— Katie et moi, nous devons trouver de quoi nourrir les louveteaux, dit-il. Tu peux nous aider.

Ils s'éloignèrent ensemble du côté du Creux de Barne. Marchant près de Jimmy, Devin jouait un air joyeux.

CHAPITRE XII

Au moment où Jimmy rentrait chez lui après avoir vu les louveteaux, un petit caillou le frappa au mollet. Il sut tout de suite de qui cela venait : c'était toujours ainsi que Paul Chandler se manifestait. Quelque temps auparavant, Jimmy aurait été tout content de jouer avec lui ; mais à présent il n'en avait plus envie.

— Tu essayais de rentrer en douce, hein ? cria Paul. Où étais-tu passé, tout l'après-midi ?

Jimmy haussa les épaules. Devin lui avait demandé de trouver de la nourriture pour les louveteaux. Quand sa mère faisait cuire du lard avec des choux, la couenne ressemblait à du caoutchouc et ils ne la mangeaient pas. Il allait essayer de la prendre pour la porter aux jeunes loups le lendemain.

— Je rentre, dit-il. Ma mère doit m'attendre.

— Es-tu encore un bébé, pour être toujours fourré dans ses jupes ?

— Pas du tout.

— Alors viens par ici. Je veux te montrer quelque chose. J'en ai pour une minute, assura Paul avec un sourire en coin.

Dès que Jimmy fut près de lui, il attrapa la flûte qui sortait de la poche de son camarade.

— Hé ! Rends-la-moi ! s'écria Jimmy.

Paul était parti en courant.

— Si tu la veux, viens la chercher ! lança-t-il en disparaissant derrière la maison.

Il s'arrêta et se mit à jouer, pour repartir aussitôt que Jimmy se montra. Puis il s'arrêta à nouveau et recommença le même manège, s'enfuyant dès que Jimmy se rapprochait. Comme Jimmy n'était pas des plus dégourdis, il n'avait aucune chance de l'attraper.

— Je t'ai vu partir avec cette face d'avorton de Deee-vin, lâcha-t-il d'un ton sarcastique. Dis-moi ce que vous avez fait.

Jimmy, surpris, s'arrêta.

— Nous avons marché dans la forêt, c'est tout. On a essayé d'attraper des souris. Rends-moi ma flûte.

— C'est vraiment une flûte magnifique, Jimmy.

— Rends-la-moi, elle est à moi.

Paul laissa tomber la flûte par terre.

— Hé ! Tu vas la rayer ! protesta Jimmy en se ruant sur lui.

Les deux garçons commencèrent à se bagarrer, mais Paul resta aussi imperturbable qu'un roc. Au bout d'un moment Jimmy se retrouva assis par terre, tout étourdi. Paul se tenait debout près de lui, son pied botté posé sur la flûte.

— Dis-moi où tu es allé avec Devin, ou je la casse.

— On n'est allés nulle part, je te dis ! Rends-moi ma flûte, Paul, je t'en prie ! Elle est à moi ! C'est mon père qui l'a faite !

Il tentait d'attraper la flûte coincée sous le pied de Paul Chandler, mais ce dernier s'amusait à la faire rouler d'avant en arrière.

— Tu l'érafles ! Ma flûte ! Ma flûte ! Rends-la-moi, Paul !

Jimmy pleurait, à présent. Il se tenait à quatre pattes.

— S'il te plaît !

— Tu veux ta flûte ? Alors dis-moi ce que vous avez fait.

La voix de Paul était tranchante comme de la pierre. Il toisait Jimmy en se mordillant la lèvre, attendant une réponse.

— Je ne peux pas. J'ai promis.

— Promis ? Tu m'en diras tant ! Et à qui as-tu promis ? À Deee-vin ?

Jimmy ne répondit pas.

— Alors, à qui as-tu promis ? insista Paul qui continuait à faire rouler la flûte en appuyant plus fort.

Elle craquait sous son pied. Jimmy savait qu'elle

ne serait plus la même, à présent. Les cailloux l'avaient rayée et marquée. Plus jamais il ne pourrait la voir étinceler au soleil, lisse et brillante. Il se rappela les paroles de son père, quand il la lui avait donnée : « Prends-en soin, mon garçon. Il m'a fallu des heures et des heures pour la faire. »

Mais Jimmy avait promis. Il ne dirait rien. Il revit en pensée les louveteaux qui lui avaient léché la figure et les oreilles, qui avaient rapporté un bâton qu'il leur avait lancé. Il revit leur petite truffe noire et mouillée, leurs yeux bleus.

La flûte grinçait plus fort sur le gravier.

— Alors, Jimmy, qu'est-ce que tu as vu ?

— Je ne te le dirai pas. Je ne te dirai rien ! Rien !

La flûte éclata sous la botte de Paul.

Jimmy se tourna vers lui, en pleurs.

— Tu n'es qu'une sale brute ! Je ne te dirai jamais ce que j'ai vu avec Devin cet après-midi ! Tu pourrais me casser mille millions de flûtes, je ne te le dirais toujours pas !

CHAPITRE XIII

LE lendemain était un samedi, et dans la matinée Devin avait plusieurs corvées à effectuer. D'abord il devait traire Branwen, puis nettoyer son box. Pour cela, armé d'une fourche et d'une brouette, il transportait dans le jardin le fumier qui servait d'engrais. Ensuite il devait aller au moulin et en rapporter de quoi nourrir Branwen pendant une semaine. Cela fait, il lui restait encore à désherber le potager. Il trouvait ce travail ennuyeux au possible et détestait le faire. Alors, pour se distraire un peu, il mangeait des petits pois qui commençaient à grossir dans les cosses.

Dans l'après-midi, après avoir terminé tout ce qu'il avait à faire, il attendit Jimmy dans la taverne. Il trouvait agréable de jouer à nouveau avec son ami, de rire et de courir sur la route en sa compagnie, de ramasser des pierres et de les lancer pour savoir qui lançait le plus loin, de jouer à l'escrime avec des bâtons. Tout cela avait beaucoup manqué à Devin. Il était content d'avoir renoué avec Jimmy. En plus, son ami avait beaucoup aimé les louveteaux, lui aussi, et il avait promis de leur apporter de la nourriture.

Enfin, Jimmy arriva. La mère de Devin se tenait debout devant une table sur laquelle elle étalait de la pâte pour faire des tourtes aux rognons.

— Que le soleil brille sur toi, Jimmy, lança-t-elle en guise de salutation. Comment se fait-il que l'on ne t'ait pas vu plus souvent, ces derniers temps ?

Jimmy jeta un coup d'œil à Devin et haussa les épaules.

— Je ne sais pas trop, marmonna-t-il.

— Et qu'est-ce que tu portes dans ce sac ?

— De la nourriture pour Bébo, s'empressa de répondre Devin à la place de son ami.

Sa mère posa son rouleau à pâtisserie et s'approcha des deux garçons, essuyant ses mains pleines de farine.

— Qu'est-ce que vous tramez donc, tous les deux ?

— Rien, affirma Devin.

— Ne crois pas que je n'aie pas remarqué ton petit manège, monsieur-le-futé. Tu t'échappes de la maison dès que tu le peux et tu rafles tous les restes de viande qui te tombent sous la main.

— C'est pour Bébo, répéta Devin.

— Avec tout ce que tu as emporté depuis quelque temps, Bébo serait ronde comme une barrique de bière. Elle ne risquerait pas de trotter comme elle le fait.

— C'est Katie qui m'a demandé de lui apporter tout ça, déclara Devin d'une voix penaude.

— Écoutez-moi bien, tous les deux. Contrairement à ce que vous semblez penser, je ne suis pas idiote. Et vous ne sortirez pas d'ici tant que vous ne m'aurez pas expliqué toutes ces allées et venues en catimini.

Elle croisa les bras sur sa poitrine. Devin la regarda : elle se tenait entre lui et la porte, le pli résolu de sa bouche indiquant une fermeté inébranlable. Il ne pouvait pas lui avouer la vérité au sujet des loups. Elle avait bon cœur, elle s'arrangeait toujours pour donner de la nourriture et de vieux habits aux mendiants qui passaient avec leurs enfants, mais pour les loups elle ne comprendrait jamais. Comme tout le monde, elle était persuadée que les loups tuaient les gens.

Devin cherchait désespérément une explication plausible.

— C'est pour... bredouilla-t-il. Nous avons trouvé...

Il se racla la gorge.

— Nous avons trouvé des petits chiens.

Ce n'était pas vraiment un mensonge, plutôt une demi-vérité. Après tout, les louveteaux avaient l'air de petits chiens.

— Ils sont orphelins. Nous les avons trouvés aux abords de la ville.

— Tu nourris des chiens errants alors que

chaque jour des gens affamés viennent mendier à ma porte ? se récria sa mère.

— Je ne prends que les restes, rien d'autre, protesta Devin. Si nous ne les nourrissons pas, ils vont mourir.

La bouche de sa mère s'adoucit.

— Devin... Tu as bon cœur, mais si ce sont des chiens sans maître, les villageois vont les tuer, de toute façon.

Devin jeta un coup d'œil à Jimmy, puis regarda de nouveau sa mère.

— Est-ce que nous pouvons partir, maintenant ? demanda-t-il.

— Combien de temps envisagez-vous de les nourrir ?

Devin n'avait pas réfléchi à ça. Il ne s'était pas demandé jusqu'à quand il devrait fournir des aliments aux petits loups. Il savait qu'un jour ils seraient capables de chasser tout seuls. Déjà, il leur arrivait d'attraper des souris ou des écureuils à proximité de la grotte, et de les manger. Mais il ignorait à quel âge ils pourraient s'attaquer à des proies plus grosses. Il haussa une épaule sans répondre.

— Combien sont-ils ?

Devin avala péniblement sa salive. Sa mère allait-elle enfin cesser de l'interroger ?

— Trois, répondit-il à contrecœur.

— Je vais me renseigner à la taverne, pour savoir si quelqu'un ne veut pas de chien, proposa Mme O'Hara.

— Non, refusa en hâte le jeune garçon. Ils ont encore peur des gens. Leur mère a été tuée. Katie et moi, nous l'avons trouvée.

— Katie et toi, comme tu dis, vous feriez mieux de leur chercher une maison. Sinon, on va les abattre comme des animaux sauvages.

Elle retourna à ses tourtes. Devin et Jimmy décampèrent aussitôt. Devin était tellement soulagé d'avoir échappé à l'interrogatoire de sa mère qu'il en oublia sa prudence habituelle. Il descendit la rue de toute la vitesse de ses jambes, accompagné de Jimmy.

CHAPITRE XIV

Le dimanche matin, Devin attendait avec impatience de pouvoir retourner auprès des louveteaux, mais sa mère insista pour qu'il l'accompagne à l'église.

Les lois anglaises interdisaient aux catholiques de posséder des terres et d'avoir des églises à eux. Avant la naissance de Devin, son grand-père avait juré fidélité à l'Église anglicane afin de pouvoir garder sa maison, aussi Devin et sa mère assistaient-ils au culte anglican. Mais la mère du jeune garçon possédait un chapelet de buis, un rosaire catholique que sa propre mère lui avait donné. Elle le cachait sous son matelas. Quelquefois, quand il n'y avait personne à la taverne, Devin la voyait prendre le chapelet, s'agenouiller devant le feu et prier. Et quand ils se rendaient à l'église le dimanche, elle l'emportait dans sa poche. Une fois, comme Devin l'interrogeait à ce sujet, elle lui avait répondu :

— En dépit des lois que les hommes créent sur la terre, Dieu, au ciel, me reconnaîtra comme une bonne catholique.

Devin ne comprenait rien aux lois. Et il s'en moquait bien, pour l'instant. La veille, pendant qu'il se trouvait auprès des loups avec Jimmy, il avait cru apercevoir à travers les arbres la tignasse blonde de Paul Chandler. Mais lorsqu'il s'était élancé en courant dans cette direction, il n'avait vu personne. Jimmy lui avait assuré que Paul ne pouvait pas être au courant de leur secret. Il ne se sentait pas tranquille, cependant, et il aurait bien voulu les changer de cachette. Malheureusement, Jimmy devait rentrer de bonne heure.

— Je te promets de t'aider à les déménager demain, avait-il dit.

Katie était toujours malade, aussi Devin ne fut-il pas étonné de ne pas la voir à l'église à côté de son père. Toutefois, il commença à s'inquiéter lorsqu'il ne vit pas non plus Jimmy. Chaque fois que la porte de l'église s'ouvrait, il se tordait le cou pour voir si ce n'était pas lui qui arrivait en retard. Mais ce n'était jamais lui. Par-dessus le marché, le pasteur n'en finissait pas de prêcher, ce jour-là. Devin ne tenait pas en place. Il se tortillait, se tournait les pouces, si bien que sa mère finit par lui chuchoter de rester tranquille.

À ce moment-là, il s'aperçut que Maître Watson ne se trouvait pas non plus sur le banc privé qui lui était réservé à l'avant de l'église. Et Paul Chandler brillait lui aussi par son absence. Il ne venait pas souvent à l'église, en fait, mais tout à coup Devin eut la certitude que quelque chose ne tournait pas rond. Il se remit à se tortiller. Malgré la chaleur qui régnait à l'extérieur, l'église de pierre restait fraîche. Devin, soudain, fut pris de frissons impossibles à contrôler. Sa mère lui donna un coup de coude et lui intima d'un froncement de sourcils de se calmer, en vain. Il continua à s'agiter.

— Tu as des fourmis dans tes culottes, ou quoi ? lui chuchota-t-elle.

— Quelque chose me pique, répondit Devin sur le même ton.

— Si tu ne peux pas te tenir tranquille, il vaut mieux que tu sortes.

Il n'attendait que ça. Dès qu'il fut hors de l'église, il s'élança à toutes jambes et courut chez Jimmy. Il trouva son ami toussant et crachant, le visage en feu ; blotti près de la cheminée, un torchon sur la tête, Jimmy inspirait la vapeur qui montait d'un pot d'eau bouillante où flottaient des aiguilles de pin et des feuilles de menthe. La vue des aiguilles de pin rappela aussitôt à Devin le muret de branchages qu'il avait installé à l'entrée de la grotte avec Katie. Les chiens de Maître Watson aboyaient dans le lointain. Sans même prendre le temps de refermer la porte derrière lui, Devin repartit à toute allure.

Mickey O'Rourke se trouvait dans son champ, en train de bêcher des pommes de terre.

— Hé, petit ! cria-t-il à Devin. Où files-tu donc si vite, comme si tes culottes étaient en feu ?

Devin ne répondit pas. Lorsqu'il atteignit la rivière, il était si pressé de la franchir qu'il allait plonger dedans sans même quitter ses chaussures, quand une pierre vint le frapper au mollet. Il s'immobilisa. Paul Chandler sortit de derrière un arbre.

— Tiens donc ! Ne serait-ce pas Deee-vin ? Que fais-tu par ici, Deee-vin ? Tu viens voir tes loups ? J'ai dit à Maître Watson où ils étaient. Nous sommes venus ce matin et nous les avons trouvés.

Devin refusait de croire ce que Paul venait de lui dire. Le fils du boucher faisait sauter des pièces dans ses mains, mais il entendait à peine le tintement de l'argent, comme s'il venait de très loin. Quand Chandler se remit à parler, il eut l'impression que sa voix, aussi, était infiniment lointaine.

— Il m'a même payé ! Tu te croyais malin, hein ? Monsieur les avait cachés. Monsieur leur apportait à manger, et prenait des leçons de boxe avec ce grand singe de Costello ! Ah, tu pensais que tu m'aurais ! Mais tu n'as pas changé, Deee-vin. Tu n'es toujours qu'un avorton stupide, une mauviette.

Avec un éclat de rire, il détala dans la forêt.

Devin poussa un hurlement et s'élança à travers la rivière, soulevant des gerbes d'eau autour de lui. Tandis qu'il courait, il priait avec ferveur :

— Je vous en supplie, mon Dieu. Faites que ce qu'il a dit ne soit pas vrai. Faites que ce soit juste une farce. Faites qu'il ne soit rien arrivé de mal aux louveteaux...

Mais il éprouvait une sensation désagréable au creux du ventre, comme si une chose empoisonnée lui pesait sur l'estomac.

Lorsqu'il atteignit l'arbre mort qui avait été frappé par la foudre, son cœur fit un bond dans sa poitrine. Il eut l'impression que les branches qui cachaient la grotte étaient intactes, qu'on ne les avait pas déplacées. Paul mentait. Rien n'avait changé. Tout allait bien. Il continua sa course, accélérant encore son allure.

Et soudain, il s'arrêta. Il s'était trompé. Les branches avaient été écartées. Et par terre, devant la grotte... il y avait du sang !

Devin ne voulait pas le croire. Il hurla le nom des louveteaux.

— Sdhoirm ! Dun ! Beg !

Il siffla. Il les appela encore. Mais aucun des jeunes animaux ne se montra. Devin se rua dans la forêt, regarda sous les buissons, criant toujours leur nom. En vain. Les petits loups n'étaient nulle part. Il revint à la grotte et de nouveau l'horrible vision le frappa. Ce sang ! Maître Watson les avait tués comme il avait tué leur mère. Et c'était la faute de Devin. Il aurait dû les cacher ailleurs, la veille, comme il avait l'intention de le faire. Il était responsable.

Sa poitrine était aussi douloureuse que si quelqu'un l'avait piétiné à plusieurs reprises avec de lourdes bottes. En pleurs, il pénétra en rampant dans la grotte où les louveteaux avaient l'habitude de se blottir et de dormir. Il remonta ses genoux contre sa figure et serra ses jambes entre ses bras, cherchant à endormir la douleur, mais elle ne voulait pas cesser. La tanière gardait l'odeur des petites bêtes, réveillant ses souvenirs. Il se remémora le soir où il les avait apportés ici, la façon dont ils penchaient la tête sur le côté, une oreille dressée, l'autre couchée, leur petite langue rose qui lui léchait le visage, la paume des mains, et ses sanglots redoublèrent.

CHAPITRE XV

Le chagrin et le désespoir finirent par avoir raison de Devin. Épuisé, il s'endormit. Ses mains se relâchèrent autour de ses chevilles. Sa respiration se fit profonde, régulière, et il se trouva emporté dans un rêve. Il jouait près de la rivière. Il lançait un bâton et les trois louveteaux bondissaient et couraient autour de lui en jappant. À un moment donné, il lança le bâton à Sdhoirm. Le jeune loup sauta, le rattrapa avant qu'il touche terre et le lui rapporta.

Tandis que Devin rêvait, du brouillard se formait au sommet des montagnes et commençait à rouler sur leurs pentes, les cachant peu à peu. Il étendait partout ses longs doigts silencieux, touchant un brin d'herbe après l'autre. Il montait à l'assaut des arbres, se coulait le long des branches, redescendait vers le sol en tourbillons ouatés. Une fourmi qui ramenait une graine chez elle disparut, puis la fourmilière s'évanouit à son tour et d'autres arbres furent engloutis par les vagues gris-vert.

Le brouillard gagnait peu à peu l'endroit où Devin dormait. Il avançait lentement, pierre par pierre, et tandis qu'il approchait un animal approchait aussi. Un animal qui marchait prudemment sur ses pattes silencieuses. Quatre pattes aux coussinets en forme de trèfle, équipées de griffes acérées. L'animal cherchait son chemin en reniflant, suivant sa propre trace, car tous ses repères habituels — arbres tombés, pierres, collines — avaient disparu dans le brouillard.

Il arriva à proximité de l'arbre foudroyé et sentit l'odeur tout fraîche de Devin. Puis il s'arrêta et renifla un rocher, la base d'un arbre, un tas de feuilles pourrissantes, car il percevait encore d'autres odeurs ; des odeurs étranges, certaines proches de celle de Devin, mais différentes quand même, et d'autres plus inquiétantes.

Lorsqu'il atteignit la grotte, Devin dormait profondément. Il n'était plus assis mais allongé sur la litière de branches et de feuilles mortes qu'il avait arrangée avec Katie pour les louveteaux. Il était couché sur le côté, sa main gauche étendue devant lui. Le brouillard s'était bien installé, à présent, et un rideau de brume défendait l'entrée de la caverne. Un long doigt gris s'infiltra sous les rochers, mais la chaleur qui émanait du corps de Devin le dissipa. Puis une bouffée de brise passa par là et emporta la brume, qui abandonna l'enfant et poursuivit sa route secrète et silencieuse.

Mais l'animal, lui, continuait à s'approcher et à tout renifler, car partout régnait l'étrange odeur humaine. À l'entrée de la grotte, il s'arrêta brusquement devant la tache de sang. Il ne comprenait pas cette odeur-là. Il renifla encore, laissa échapper une plainte, puis alla jusqu'à Devin et flaira la semelle de ses chaussures.

Le jeune garçon l'entendit gémir dans son sommeil, mais ce gémissement se mêla à son rêve. Il était en train de courir dans une prairie avec Katie, Bébo et Sdhoirm. Le champ était plein des fleurs jaunes des genêts. Devin lançait un bâton à Sdhoirm qui le rattrapait et le lui rapportait. Mais Sdhoirm n'était plus un louveteau, à présent ; c'était un beau loup gris de taille adulte. Quand Devin lui enleva le bâton de la gueule, il se mit à gémir et à lui lécher la main, parce qu'il voulait continuer de jouer.

Or, dans la grotte, l'animal gémissait et léchait aussi la main de Devin, posait sa truffe humide et fraîche sur sa paume. L'enfant bougea et retira sa main sans se réveiller, mais l'animal persista, continuant à le lécher et à l'appeler. Le rêve était terminé. Devin inspira profondément. Quelque chose, pourtant, lui léchait encore la main. Il ouvrit les yeux et découvrit devant lui un animal gris foncé. Il se recula d'un bond, reconnaissant un loup.

Puis il se ressaisit ; c'était un loup, oui, mais un jeune loup. Un loup déjà grand, plus tout à fait un louveteau. Et pas n'importe quel loup : c'était Sdhoirm ! Pourtant, il ne rêvait plus ! Sdhoirm était là, bien là, en train de lui lécher le visage ! Devin lui jeta les bras autour du cou et le serra très fort contre lui. Le jeune loup le léchait toujours, parcourant de sa langue rose ses oreilles, ses joues, son cou.

Devin comprit qu'il avait dû s'enfuir une fois de plus, et que cela lui avait sauvé la vie. Il n'était pas là quand Maître Watson était arrivé. Mais à présent il ne restait pas d'autre solution au jeune garçon que de le ramener au village avec lui.

Il souleva Sdhoirm dans ses bras et l'emporta jusqu'à la rivière, qu'il lui fit traverser. Entre-temps, il s'était mis à pleuvoir. La pluie tombait dru, s'enfilait dans le col de Devin, ruisselait dans ses yeux. Le jeune loup était grand et lourd, maintenant, et ses griffes lacéraient l'estomac de son ami. Devin le reposa à terre. Sdhoirm le suivit.

Quand il atteignit les abords du village, Devin ne voulut prendre aucun risque. Il ôta son chandail, en recouvrit le loup et le reprit dans ses bras.

Seule la queue était visible. Sdhoirm était malcommode à porter, mais Devin tint bon. Il passa derrière les maisons pour gagner directement l'étable de ses parents. Comme il pleuvait à seaux et que l'averse ne semblait pas près de se calmer, il ne rencontra personne.

La porte de l'étable était fermée, ce qui voulait dire que Branwen avait été ramenée du pâturage. Le battant de bois grinça plus fort que jamais. On aurait dit qu'il protestait, qu'il accusait Devin, qu'il clamait sa traîtrise : *Devin amène un loup dans l'étable ! Au loup ! Au loup !*

Le jeune garçon se faufila à l'intérieur, tendant l'oreille, guettant des pas. Mais personne ne venait. On n'entendait que le tapotement étouffé de la pluie sur le toit de chaume et sur le sol boueux.

Au début Devin ne parvint pas à distinguer Branwen, car ses yeux n'étaient pas accoutumés à l'obscurité, mais l'odeur chaude et familière de la vache l'enveloppa bien vite. Elle lâcha un petit meuglement de bienvenue, tranquille et tendre. Puis Devin se rendit compte qu'elle tournait vers lui ses oreilles velues et le regardait fixement.

Il libéra le jeune loup de son chandail. Sdhoirm sauta par terre et flaira la paille autour de lui. Il renifla la litière derrière Branwen, puis les sabots fendus de la vache, avant de la longer et de se dresser sur ses pattes arrière pour regarder dans la mangeoire. Branwen courba la tête vers lui pour l'examiner ; Sdhoirm la contempla à son tour et parut deviner sa gentillesse, car il lui lécha le nez.

— Tu vois, Branwen ? C'est ton ami, dit Devin.

La vache considéra l'intrus un bon moment et décida de lui rendre sa caresse. Mais sa grande langue aplatit Sdhoirm contre la mangeoire, si bien que le jeune loup se mit à japper comme si on l'écorchait vif. Devin voulut se porter à son secours. Branwen en profita aussitôt pour lui lécher la joue au passage.

— Branwen ! hurla le jeune garçon.

Elle détourna la tête, visiblement blessée. Alors il la prit par le cou, frotta sa joue derrière ses oreilles et lui gratta le front.

— Tu ne comprends pas que ta langue est trop rêche ?

La vache regardait toujours de l'autre côté.

— Je t'aime, idiote ! Ne boude pas, je t'en prie.

Branwen céda.

— Tu dois faire attention, avec ta langue, reprit Devin. Sdhoirm est encore petit. C'est un loup, mais il est à peine plus gros qu'un chiot, tu vois...

Il souleva le louveteau et l'approcha des naseaux de Branwen afin qu'elle le renifle. Sdhoirm se débattit d'abord comme un beau diable. Il était terrorisé. Mais Devin, à force de caresses et de mots doux, réussit à le calmer. Quand Branwen courba de nouveau sa grosse tête vers lui, il la lécha. La vache ne bougea pas ; Sdhoirm continua à la lécher un bon moment, à grands coups de langue réguliers, rythmés, guidés par l'instinct. Alors, brusquement, Devin se sentit submergé par un besoin fou de le protéger. Il attira le louveteau contre lui. Sdhoirm n'avait aucun moyen de savoir ce qui était arrivé à sa famille. Le jour où sa mère avait été tuée, sans doute l'avait-il attendue sans comprendre ce qui la retenait, gémissant d'abord, puis pleurant, puis hurlant. Aujourd'hui, de la même façon, il avait dû repérer les taches de sang près de la grotte, à l'endroit où ses sœurs avaient été abattues, mais pour lui elles ne voulaient rien dire. Et Devin se sentait impuissant à le défendre, puisqu'il ne pouvait lui expliquer qu'il devait se méfier de Maître Watson, de ses chiens et de ses fusils. Il le serra plus fort sur son cœur. L'étable réchauffée par l'haleine de Branwen était au moins un refuge. Il le garderait là.

Sdhoirm gigota pour se libérer de son étreinte et sauta dans la mangeoire. Là il se mit à lécher ses pattes, qui gardaient encore les traces de ses vagabondages : elles étaient couvertes de brindilles et de graines de bardane accrochées à ses poils. Ensuite il tourna trois ou quatre fois sur lui-même et finit par se coucher dans le foin, où il s'endormit sur-le-champ. Mais il continua à gémir dans son sommeil.

Branwen le toucha doucement de ses naseaux et poussa un meuglement étouffé, plein d'affection. Devin noua ses bras autour de son cou et appuya sa tête contre son pelage.

— Il va falloir que tu m'aides, dit-il. Nous devons le protéger.

Branwen acquiesça d'un autre meuglement tranquille, comme si elle comprenait.

CHAPITRE XVI

L'ÉTÉ avait beau battre son plein, Devin, Jimmy et Katie n'étaient pas souvent dehors. Ils passaient le plus clair de leur temps dans l'étable, à jouer « au loup » avec Sdhoirm ou à discuter et à se raconter des histoires en caressant le louveteau et Bébo.

Chaque fois que Devin prenait la parole,

Sdhoirm dressait les oreilles et semblait l'écouter comme s'il comprenait chaque mot. Et dès qu'il saisissait la balle, les yeux vifs du jeune loup pétillaient de plaisir, car il adorait jouer. Quelquefois, cependant, Sdhoirm s'asseyait devant la porte et gémissait doucement.

— Tu ne peux pas sortir, disait alors Devin. Ils te tireraient dessus !

Un jour où les trois enfants s'apprêtaient à quitter la taverne, la mère de Devin, occupée à faire du beurre avec la baratte, les regarda en fronçant les sourcils.

— Qu'est-ce que vous pouvez bien trouver à faire en permanence dans cette étable ? demanda-t-elle.

Devin et Katie échangèrent un coup d'œil. Jimmy garda le nez baissé.

— Nous nous amusons, dit Katie.

— Avec ce temps superbe, vous feriez mieux de jouer dehors au lieu de rester enfermés comme des poussins dans un poulailler.

— L'étable n'est pas un poulailler ! protesta Devin.

— Je ne veux pas vous voir dedans aujourd'hui, avec un soleil pareil. Quand l'automne arrivera, avec la pluie et le froid, vous aurez bien le temps de vous tenir à l'intérieur.

— Mais...

— Je ne veux pas non plus t'entendre me répondre constamment ! déclara Mme O'Hara en haussant la voix. Allez, ouste, dehors, tous les trois ! Et souvenez-vous de ce que j'ai dit.

Devin, Jimmy et Katie sortirent et marchèrent un moment dans la rue. Puis ils firent demi-tour et regagnèrent l'étable en cachette.

Ils entrèrent sans faire de bruit : Devin avait graissé les gonds de la porte avec du lard et recloué le fer à cheval afin qu'il ne tape plus sur le battant. Ce jour-là, il avait prévu quelque chose de spécial.

Sdhoirm bondit vers lui dès qu'il l'aperçut et lui lécha la figure. Devin enfouit son nez dans sa fourrure. Depuis quelque temps, le louveteau s'était mis à hurler. Il ne hurlait pas encore comme un loup adulte, mais cela allait arriver un jour et Devin le redoutait. Or, quand il avait de la compagnie, il se tenait tranquille. Il ne hurlait jamais quand les enfants étaient avec lui, ni quand Branwen se trouvait dans l'étable la nuit. Mais dans la journée la vache était au pré. Ils ne pouvaient plus laisser le jeune loup tout seul.

Alors Devin avait eu une idée : s'il tondait la fourrure de Sdhoirm, à la façon dont les fermiers tondaient les moutons, le louveteau aurait l'air d'un chien. Il dirait à sa mère qu'il s'agissait d'un chien trouvé. Dans la journée il pourrait l'emmener se promener, et le soir il dormirait avec lui dans la taverne. Personne ne se rendrait compte de rien.

La veille, quand Devin était allé rendre visite au fermier O'Rourke avec son grand-père, il s'était arrangé pour subtiliser ses cisailles à tondre. Mickey O'Rourke ne risquait pas de les chercher : ses moutons avaient été tondus au printemps, il n'en aurait plus besoin de l'année. Devin les lui rendrait lors de sa prochaine visite. Pour l'instant, il les avait cachées dans la mangeoire de Branwen, sous le foin.

Il les tira donc de leur cachette. Elles ressemblaient à de grands ciseaux très longs. Comme elles étaient faites pour des mains d'homme, Devin avait du mal à les manier. Tandis qu'il les soulevait, il essaya de se rappeler comment était la lune, la nuit précédente. Impossible de s'en souvenir. Il décida de passer outre : la lune n'avait peut-être pas d'importance pour les loups, après tout.

Quand elle vit les cisailles, Katie s'écria :

— Tu ne vas pas le tondre !

Sdhoirm regarda l'instrument, lui aussi. Puis il gémit, baissa la tête et alla se réfugier au fond de l'étable où il s'aplatit.

— Viens ici, mon vieux, l'appela Devin. Cela ne fait pas mal. Et après, nous pourrons te sortir comme Bébo.

En entendant son nom la chienne arriva au pas de course. Mais dès qu'elle aperçut les cisailles, elle poussa plusieurs jappements aigus et alla rejoindre Sdhoirm. Katie, très raide, pointa un doigt accusateur sur Devin.

— Les moutons ont l'air ridicule, quand on vient de les tondre. Sdhoirm aussi va avoir l'air ridicule.

Le louveteau lâcha une nouvelle plainte. Bébo aboya, visiblement nerveuse. Mais Devin était persuadé d'avoir trouvé la solution.

— Petit ! Viens ici ! cria-t-il de nouveau.

Sdhoirm, qui sentait que quelque chose d'inhabituel se passait, arriva l'échine basse. Devin le caressa. Afin de rassurer le louveteau il lui fit flairer les cisailles ; puis il les ouvrit et les referma doucement, pour qu'il s'habitue à leur bruit. Sdhoirm aplatit les oreilles ; ces « cracs » ne semblaient guère lui plaire.

— C'est bon. Tu n'as pas à avoir peur. Tu ne sentiras rien.

Le jeune garçon le caressa encore, lui flatta l'échine. Jimmy essayait lui aussi de le distraire. Les oreilles du louveteau restaient plaquées sur son crâne, il crispait toujours les épaules, mais il se mit à remuer doucement la queue. Alors Devin enfonça les lames dans son épaisse collerette blanche. Il allait couper... quand la porte s'ouvrit en coup de vent. Sa mère se tenait sur le seuil.

— Devin ! cria-t-elle.

Il en lâcha les cisailles. Sdhoirm, sur la défensive, se mit à gronder.

— Devin ! répéta Mme O'Hara. Au nom du ciel, que... Écarte-toi de ce loup, vite !

— Il n'est pas dangereux, maman. Il est apprivoisé. Et il est encore petit.

— Mais c'est un loup !

— Je te dis qu'il est apprivoisé, maman !

Devin s'accroupit près de Sdhoirm, et sa mère constata que l'animal, en effet, ne semblait pas méchant. Avec ses yeux bleus, ses oreilles dressées et sa tête penchée de côté, il paraissait lui demander d'un air curieux : « Qu'est-ce que tu fais ici ? » Devin le caressait sans aucune crainte. Mais cela ne changeait rien à la situation.

— Il va falloir que tu le ramènes où tu l'as trouvé, dit-elle.

— Maître Watson va le tuer !

— Que vont dire les gens, quand ils découvriront que tu gardes un loup chez nous ?

— Ils ne le sauront pas !

— Voyons, Devin. Tu ne peux pas garder un loup dans une étable. C'est une bête sauvage.

— Sdhoirm n'est pas sauvage ! se récria le jeune garçon.

Le louveteau lui lécha le visage et gémit doucement.

— Sa place n'est pas ici ! insista Mme O'Hara.

— Et où est-elle, alors ? répliqua Devin. Dans la forêt, les gens tirent sur les loups. On leur donne de l'argent pour les tuer. Tout le monde dit que les loups massacrent les moutons et les hommes, mais Sdhoirm n'est pas comme ça. Il ne m'a jamais fait de mal, et sa mère non plus. Regarde comme il est gentil ! Si nous le tondons, personne ne devinera que c'est un loup.

— Maître Watson a tué sa mère et ses deux sœurs, intervint Katie.

Mme O'Hara s'approcha des trois enfants.

— Vous pourriez le raser, il aurait toujours l'air d'un loup, déclara-t-elle doucement.

— Non, protesta Katie. Personne ne verra la différence. Il a les yeux bleus, comme l'œil droit de Bébo. Or les loups ont les yeux jaunes, tout le monde le sait.

— Les yeux des chatons changent de couleur. Les siens changeront aussi. Regarde-le. Regarde Bébo. La différence est évidente. Un loup est un loup, tu ne peux pas le cacher.

— Tu caches bien ton chapelet, toi ! se récria Devin. Et la mère de Katie aussi !

— Ce n'est pas la même chose ! répliqua sa mère. Un rosaire sert à prier le bon Dieu.

— Eh bien ! Le bon Dieu a créé les loups

exactement comme il nous a créés, toi et moi ! Tu dis toujours qu'il faut traiter les créatures de Dieu avec bonté, mais tu refuses d'être bonne avec Sdhoirm.

— J'essaie de l'être. Au moins, dans la forêt, il aura une chance de survivre.

— Il est trop jeune, affirma Devin d'un ton buté. Tu ne le vois donc pas ?

— S'il vous plaît, madame O'Hara ! supplia Jimmy.

— Le père de Devin serait capable de tuer un saint, s'il apprenait une chose pareille.

— Il n'a pas besoin de le savoir, insista Devin. Il ne vient jamais ici.

Sa mère soupira.

— Il ne faut surtout pas que quelqu'un le voie. Tonds-le si tu veux, mais tu ne changeras rien. Et tu ferais mieux de lui apprendre à se débrouiller seul, pour le jour où tu seras obligé de lui rendre la liberté. Ce n'est pas en lui apportant ses repas tout cuits que tu y arriveras. À mon avis, vous devriez commencer à le faire sortir la nuit pour lui apprendre à chasser.

Les trois enfants se ruèrent sur le louveteau,

poussant des cris de joie. Bébo se mêla à l'exubérance générale en jappant à qui mieux mieux.

— Ne vous réjouissez pas trop, déclara la mère de Devin. Vous ne faites que reculer ce qui devra arriver tôt ou tard.

CHAPITRE XVII

FINALEMENT, Devin renonça à tondre Sdhoirm. Quand sa mère ouvrit la porte de l'étable pour sortir, un rayon de soleil fit étinceler les yeux du louveteau et ils prirent un éclat particulier, plus vert que bleu. À cet instant, Devin comprit qu'ils ne tarderaient pas à virer au jaune. Toutes les cisailles du monde n'arriveraient pas à faire d'un loup un chien. Au fond de son cœur, le jeune garçon savait que sa mère avait raison. Un jour, il devrait remettre Sdhoirm en liberté. Quand ce moment-là viendrait, son ami aurait besoin de sa fourrure pour avoir chaud. Aussi le lendemain, très triste, il rapporta les cisailles chez Mickey O'Rourke.

Devin ne voulait pas risquer de réveiller son père en sortant le soir pour emmener Sdhoirm dans la forêt, et il décida de dormir dans l'étable. Il déclara qu'il n'aimait pas dormir dans la taverne avec tous ces étrangers.

— C'est du joli ! Mon fils va coucher avec la vache, à présent ! commenta le père.

Sa femme intervint.

— Jésus est bien né dans une étable, dit-elle. Si ce lieu était assez bon pour Notre-Seigneur, il l'est aussi pour notre fils.

Le père de Devin ne dit plus un mot.

Quand il fit sombre, Devin sortit dans la nuit avec Sdhoirm. Comme le louveteau attrapait déjà des souris et des rats dans l'étable, le jeune garçon supposait qu'il saurait aussi les attraper en plein

air. Il avait raison. Le flair aiguisé de Sdhoirm lui permit vite de débusquer les petits rongeurs, et lorsqu'ils rentrèrent à la maison, il en avait attrapé plus d'une douzaine.

Les deux complices sortirent ainsi soir après soir. Le jeune loup appréciait hautement ces excursions. Dès que Devin ouvrait la porte de l'étable, à la nuit tombée, il lui sautait dessus avec une telle joie qu'il manquait de le renverser.

L'instinct ne tarda pas à reparaître chez le louveteau ; bientôt, il se mit à pourchasser des lapins. Devin le regardait faire avec un mélange de joie et de regret. D'un côté, il était heureux de voir que les qualités de chasseur de son ami se développaient ; mais de l'autre, en secret, il se réjouissait de constater que Sdhoirm était encore trop maladroit pour arriver à ses fins. Tant qu'il ne saurait pas mieux se débrouiller, Devin pourrait continuer à affirmer à sa mère que le louveteau était trop inexpérimenté pour être livré à lui-même.

Devin n'allait plus prendre de leçons de boxe à la forge avec Thomas Costello. Il avait battu Paul Chandler, et Chandler avait pris sa revanche. Chaque fois qu'il songeait à Dun et à Beg, Devin éprouvait une tristesse sans fond.

Katie n'avait pas le droit de l'accompagner dans la forêt la nuit. Jimmy parvenait quelquefois à s'esquiver, mais la plupart du temps Devin partait seul avec Sdhoirm. Durant tout l'été, sa mère l'aida à garder son secret. Elle ramassait tous les restes qui traînaient à la taverne et les lui donnait. Cependant, elle le faisait de plus en plus à contrecœur. Chaque jour, le nombre des mendiants qui venaient lui demander la charité allait croissant. Parmi eux, beaucoup étaient sur le point de mourir de faim parce que les Anglais les avaient chassés de leurs terres.

Un jour, alors que Sdhoirm vivait dans l'étable depuis un mois environ, elle déclara de son ton tranquille :

— Tu dois laisser partir Sdhoirm, maintenant. Trop de gens ont faim, dans ce pays.

— S'il te plaît, pas encore ! supplia Devin. Il n'est pas assez grand.

— Nous ne pouvons pas continuer à le nourrir plus longtemps, insista Mme O'Hara.

Ce soir-là, Devin emmena Sdhoirm au bord de la rivière Glenelly. Le jeune loup ne comprit pas tout de suite qu'il était censé attraper des poissons. Devin alluma une chandelle au-dessus de l'eau, puis, à l'aide d'un filet, captura deux ou trois truites qu'il lança sur le sol, frétillantes. Sdhoirm les avala d'un trait. Il avait saisi ce que l'on attendait de lui, à présent. Il bondit dans la rivière, Devin promena la chandelle à la surface... et le pêcheur en herbe cueillit dans sa gueule une ribambelle de poissons qu'il goba en une bouchée, l'un après l'autre.

Lorsque l'automne arriva, Sdhoirm avait tellement grandi qu'il était plus haut que Bébo. Il était devenu magnifique, avec son pelage gris foncé, sa collerette blanche et ses yeux jaunes qui luisaient dans la pénombre de l'étable. Devin avait grandi aussi. Sa mère dut lui coudre deux nouvelles culottes, car les vieilles, trop courtes, lui entaillaient les cuisses au-dessus des genoux. Dans les bois, les fleurs pourpres des chardons grisonnaient comme des barbes de vieillards et se flétrissaient dans l'air glacé. La mère de Devin répéta à son fils qu'il ne devait plus prendre de nourriture à la taverne.

— Si tu ne cesses pas de nourrir Sdhoirm, il n'apprendra jamais à se suffire à lui-même.

Alors, avec la faim pour maître, le loup attrapa son premier lièvre, suivi d'un blaireau. La nuit où il tua le blaireau, il leva la tête vers le ciel et poussa un hurlement.

— Chuuut ! fit Devin, nouant ses deux bras autour de son cou. Si tu hurles, Maître Watson va te trouver.

Mais le loup ne comprit pas. Il lâcha de nouveau une longue plainte désolée, obsédante, qui fit monter des larmes aux yeux de Devin. Car elle signifiait qu'il allait être obligé de se séparer de Sdhoirm.

Le lendemain, à la taverne, le jeune garçon épia avec anxiété les conversations des clients.

— J'ai entendu hurler un loup, la nuit dernière, lança un homme.

— Oui, moi aussi, confirma un second.

— Je croyais pourtant que Maître Watson avait tué les derniers de ces monstres.

— On ne pourra jamais tuer tous les loups, conclut l'autre.

La première neige recouvrit d'un fin manteau blanc la terre glacée et les dernières fleurs. Le jour suivant, les discussions allèrent bon train dans la salle.

— J'ai vu des traces de loup dans la neige, le long du Creux de Barne, déclara un voyageur.

— Possible, répondit un villageois. J'en ai entendu hurler un pas loin de là.

— Les traces étaient comme ça ! reprit le voyageur avec geste à l'appui. Aussi grosses que ma paume.

— Les loups ne sont pas de cette taille-là ! protesta Devin.

— Qu'est-ce que tu connais aux loups, gamin ? se rebiffa l'homme. J'ai vu les traces, je te dis. Elles menaient droit au village. Ce diable d'animal va te croquer, si tu n'es pas prudent.

— Les loups ne mangent pas les hommes, reprit Devin malgré lui. Ils...

— Devin ! coupa sa mère. Viens m'aider à remplir cette cruche de bière.

Ce soir-là elle se rendit dans l'étable, un châle drapé autour d'elle pour se protéger du froid. Dès que Devin l'aperçut, il comprit ce qu'elle était venue faire et commença tout de suite à protester.

— On ne peut pas mettre Sdhoirm dehors maintenant, maman. C'est l'hiver !

— Regarde sa fourrure, mon fils. C'est un

animal sauvage. Tu lui as appris à chasser. Il s'en sortira très bien.

— Mais Maître Watson va le tuer, s'il le trouve !

— On le tuera aussi si on le trouve ici, déclara Mme O'Hara d'une voix douce mais intraitable. Dans la forêt, il aura au moins une chance de survivre. Il pourra aller partout. Jusque dans les montagnes où Maître Watson ne va jamais chasser. Et là-bas il retrouvera les siens.

— Il n'y a plus d'autre loup, maman ! Maître Watson a dit qu'il ne serait pas en paix tant qu'il en resterait un.

— Tout le monde dit ça, mais personne ne le pense.

— Il le pensait, lui. Je l'ai entendu.

— Personne ne peut tuer tous les loups. Ils exagèrent.

— Si, ils le peuvent ! Je n'ai plus entendu hurler de loup nulle part depuis longtemps.

— Eh bien, moi, je l'ai entendu hurler, lui, l'autre nuit. Heureusement, il n'a pas crié trop fort et j'ai pu convaincre ton père qu'il s'agissait d'un chien. Mais Sdhoirm est pratiquement adulte, maintenant. Un jour il poussera un vrai hurlement de loup, et tu verras rappliquer aussitôt tous les hommes des environs – armés de fourches, de couteaux, de bâtons et de fusils. Combien de temps crois-tu qu'il vivra encore, alors ?

D'un geste, elle désigna le fond de l'étable.

– Il sera pris au piège et ils le tueront en un clin d'œil. Dans la montagne, si on l'attaque, il pourra s'enfuir. Ici il ne le pourra pas.

Devin pleurait sans bruit, à présent, car il savait que sa mère avait raison. Il ne lui restait plus rien d'autre à faire que d'emmener Sdhoirm et de le laisser partir.

CHAPITRE XVIII

LE ciel nocturne était bourrelé de nuages. Devin et Sdhoirm s'engagèrent dans le Creux de Barne, en direction des montagnes. Ils mirent longtemps pour atteindre la rivière Glenelly, car Devin marchait très lentement.

Lorsqu'ils eurent traversé la rivière, Devin s'arrêta et s'agenouilla près de Sdhoirm. Au même instant, il distingua une forme dans les nuages ; elle lui évoqua la tête du loup qui lui était apparu dans le brouillard, des mois auparavant. Il se dit que c'était peut-être la mère de Sdhoirm qui était montée au ciel et qui regardait son fils d'en haut, afin de le surveiller et de le protéger. Il s'empara de la tête de Sdhoirm et la pointa vers le ciel.

— Regarde, dit-il. Tu vois le loup ?

Sdhoirm gémit et lui lécha le visage, mais il était trop surexcité pour regarder dans une direction précise. Il pensait qu'il était sorti pour chasser, comme d'habitude. Il n'aimait pas rester enfermé toute la journée dans l'étable. Il était de nouveau libre, libre d'écouter la nature, le hululement d'une chouette ou le vent dans les pins. Libre de sentir ces odeurs qui lui étaient familières, celle de la résine, celle de la lune. Il leva sa tête sombre et hurla.

Devin enfouit son visage dans l'épaisse collerette de son ami. Que d'heures il avait passées avec lui, à jouer, à le caresser, à lui apprendre comment attraper une balle dans sa gueule, rapporter un bâton, s'asseoir, ne pas bouger pendant qu'il faisait le tour de l'étable.

Sdhoirm posa la tête sur l'épaule de Devin, lui toucha le cou de sa truffe humide et froide et lâcha une plainte, comme s'il comprenait ce qu'il pensait. Puis il lécha les larmes qui coulaient sur les joues du jeune garçon. Devin avait l'impression que son cœur allait se casser en deux.

Il se répétait ce que sa mère lui avait dit : qu'au premier hurlement de Sdhoirm, tous les hommes de Scotch Town accourraient à l'étable. Que dans la montagne son ami pourrait vivre libre, et trouverait peut-être un autre loup. Qu'il se mettrait à l'abri dans une grotte, où il serait en sécurité. Mais sa tête avait beau lui dire tout cela, son cœur n'y croyait pas.

À ce moment-là, la lune émergea d'entre les nuages. Elle avait la forme d'un croissant. La mère de Devin disait toujours que lorsque la lune ressemblait à un crochet auquel on pouvait suspendre son chapeau, c'était signe de chance. Le clair de lune nimbait la tête de Sdhoirm d'un contour argenté. Le sol étincelait, couvert de gelée blanche.

— Assis, commanda Devin.

Sdhoirm obéit.

— Ne bouge pas, ordonna le jeune garçon tout en commençant à s'éloigner.

Sdhoirm se leva et gémit.

— Pas bouger ! répéta Devin.

La plainte du loup se fit plus forte.

— Tu ne peux pas rentrer avec moi ! cria Devin, en pleurs. Il faut que tu partes là-haut, dans les montagnes. Tu y seras en sécurité. Tu trouveras d'autres loups comme toi.

Sdhoirm esquissa quelques pas dans sa direction.

— Non ! cria encore le jeune garçon. Par là !

Sdhoirm regarda du côté qu'il lui indiquait, mais vint le rejoindre quand même. Devin s'agenouilla et prit de nouveau la tête du loup entre ses mains. Il ne pouvait s'arrêter de pleurer.

— Je ne peux pas te ramener à la maison. Il faut que tu t'en ailles.

Le loup gémit et posa une patte sur l'épaule de son ami, comme s'il partageait son chagrin. Devin sanglotait. Ses épaules tressautaient.

Un nuage recouvrit la lune. Les montagnes, la rivière, les arbres disparurent, se fondant dans une obscurité totale. Le loup se remit à geindre. Soudain, Devin se souvint de sa patte de lapin. Il la tira de sa poche, ôta un de ses lacets et accrocha le talisman autour du cou de Sdhoirm.

— Elle te protégera, dit-il.

Le croissant de lune reparut, tel un crochet d'argent suspendu dans le noir. Sdhoirm poussa une autre plainte, puis se détourna et trotta en direction des montagnes. Après quelques dizaines de pas, il s'arrêta et se retourna vers Devin, auréolé par le clair de lune.

— File ! cria le jeune garçon. Cours ! Le plus loin que tu pourras !

Il s'éloigna. Le loup gémit encore. Devin continua. Il entendait derrière lui la plainte solitaire de son ami. Sdhoirm semblait lui demander de rester. Alors il se mit à courir jusque chez lui, sans s'arrêter. Il savait que s'il se retournait, ne fût-ce qu'une seconde, son cœur se briserait.

Plus tard, alors qu'il était dans son lit, il entendit Sdhoirm qui hurlait dans le lointain.

— Hou-ou-ou-ou ! Hou-ou-ou !

C'était la plainte la plus désolée, la plus triste qui ait jamais heurté ses oreilles. Il lui sembla que

Sdhoirm appelait sa mère, ses sœurs, tous les loups qui avaient été tués en Irlande depuis toujours. Alors il enfouit son visage dans son oreiller et pleura.

CHAPITRE XIX

TROIS années passèrent. Devin était revenu dormir dans la taverne. Il avait grandi d'un seul coup, si bien qu'à présent il dépassait sa mère.

Un jour, Mme O'Hara avait raconté à quelqu'un que son fils avait gardé un loup dans leur étable. Scotch Town était une petite ville. La nouvelle en avait vite fait le tour. Pendant quelque temps Devin avait été la risée du village, puis les gens avaient oublié cette histoire et repris le cours de leur vie, vaquant à leurs tâches quotidiennes : arracher les pommes de terre, semer l'avoine, élever des moutons.

La nuit, quelquefois, Devin entendait au loin la plainte lugubre et solitaire d'un loup — si faible qu'elle se confondait presque avec le bruit de l'écho.

Puis des rumeurs commencèrent à courir au sujet d'un loup gigantesque qui hantait les montagnes. Les voyageurs qui s'arrêtaient à la taverne du *Sanglier noir* en parlaient, et Devin les écoutait en leur servant des chopes de bière.

— Il est aussi gros qu'un taureau ! Et noir comme l'enfer ! Je l'ai vu de mes propres yeux ! affirma un homme, un jour.

— Tu parles ! C'est le fond de ton pichet de bière, que tu as vu, rien de plus ! riposta quelqu'un.

— Cette espèce de diable noir a tué une dizaine de moutons d'un seul coup, de l'autre côté de la rivière, reprit le voyageur.

— Il n'existe pas un seul loup au monde qui

soit capable d'un tour pareil, répliqua son contradicteur.

— Dix moutons à la fois ! Je te le dis ! Je lui ai même tiré dessus. J'ai vu de mes yeux la balle lui rentrer dans l'épaule. Mais l'animal est un vrai démon. Il a continué à courir.

Devin ne voyait presque plus Paul Chandler. Le garnement travaillait toute la journée avec son père, maintenant.

— On ne peut pas leur faire confiance, ni à l'un ni à l'autre, disait toujours la mère de Devin. Chaque fois, ils appuient sur le plateau de la balance avec leur pouce. Aussi retors qu'une pince de crabe, ces deux-là !

Le forgeron était mort, et Thomas Costello avait épousé sa veuve. Ils avaient eu deux enfants, qui étaient venus s'ajouter aux quatre premiers. Devin ne voyait plus beaucoup l'ancien boxeur. Le jeune garçon avait presque treize ans. Bientôt il irait travailler avec son père à la carrière et taillerait des pierres pour construire des maisons.

Un jour, alors que Devin et Katie se promenaient sur l'autre rive de la rivière Glenelly, ils entendirent des coups de fusil et des aboiements de chiens. Sur une colline, au loin, Devin aperçut une grande forme noire qui courait. Il la reconnut aussitôt.

— Sdhoirm ! Sdhoirm ! appela-t-il.

L'animal releva la tête. Il huma le vent, poussa un hurlement et s'éloigna. Devin et Katie coururent dans la direction qu'il avait prise, mais il avait disparu.

À dater de ce moment-là, Devin aperçut encore Sdhoirm dans les collines, de temps à autre. Une fois il le vit même de tout près. Le loup gémit et s'approcha de lui. Jamais le jeune garçon n'avait vu une bête aussi belle. Sdhoirm avait une tête large, superbe, au port aussi majestueux que les montagnes elles-mêmes. Mais les aboiements des chiens avaient retenti et il s'était enfui.

Au village, les commentaires enflaient de jour en jour.

— Je vous le dis, moi, je n'irai pas me promener dans la montagne tant que ce démon sera en vie.

— Je l'ai vu, lança un homme dont le visage était marqué par la vérole. Il a des yeux rouges comme les feux de l'enfer.

Il reposa lourdement son pichet de bois sur la table.

— Ses yeux ne sont pas rouges, ils sont jaunes ! protesta Devin avec colère.

— Oserais-tu me traiter de menteur ? répliqua l'homme au visage couturé.

La chandelle projetait ses ombres longues sur sa peau abîmée. Aux yeux de Devin, il paraissait mille fois plus dangereux que n'importe quel animal.

— Laisse-le tranquille, intervint un villageois à la grosse moustache noire. Ce n'est qu'un étourneau. Autrefois, il a voulu élever un loup dans l'étable de sa propre mère.

— Élever un loup ? rugit l'autre. Il mériterait qu'on le tue d'un coup de carabine. Élever un loup et le nourrir, quand il y a dans ce pays des gens qui meurent de faim !

— Il ne reste plus de loups en Irlande, déclara quelqu'un d'autre. Celui-ci est le dernier.

— Oui, et moi je l'ai vu. Il a les yeux rouges, je vous dis ! Rouges comme ce foulard, là.

Devin se demanda pourquoi les adultes croyaient toujours les adultes et jamais les enfants, même quand les adultes mentaient et que les enfants disaient la vérité.

À chaque nouveau témoignage, les histoires qui couraient sur Sdhoirm devenaient de plus en plus terrifiantes.

— On a essayé de l'attraper avec de la viande empoisonnée. Cette sale bête l'a mangée et a survécu !

— Il paraît qu'il a attaqué un coche qui traversait la forêt de Gortin et qu'il a tué le conducteur. Il était dans un arbre et il lui a sauté dessus.

— C'étaient des bandits de grand chemin. Les loups ne grimpent pas aux arbres, coupa Devin.

— C'était le loup ! On a trouvé des traces de loup sur le chemin. Le valet me l'a dit.

— Sdhoirm ne tuerait jamais un homme, insista Devin.

Son père intervint.

— Regardez-le ! Dire que mon fils a été assez fou pour héberger ce monstre dans notre étable !

Après cela, Devin ne parla plus de Sdhoirm. Au fond de son cœur, il savait que son ami ne commettait pas les méfaits dont on l'accusait. Souvent, le soir, il allait marcher le long du Creux de Barne. Parfois il était seul, parfois avec Katie et Bébo. Mais à la taverne les racontars continuaient de plus belle. À présent on colportait de bouche à oreille des récits chuchotés à voix basse, avec terreur, comme si les gens craignaient que le loup ne fasse irruption dans la salle en passant à travers les murs, à la manière d'un fantôme ou d'une créature diabolique.

— C'est un démon aux yeux rouges ! Un envoyé de Satan !

— La prime a été triplée, pour lui ! Elle est de cinquante shillings !

— Rien ne viendra à bout de ce monstre. Ni fusils, ni poisons, ni pièges, ni chiens.

***

On était au début du printemps 1786 et de terribles bourrasques de mars soufflaient sur l'océan. Devin marchait le long du Creux de Barne. Soudain, très loin, il crut entendre quelque chose. Il s'arrêta et tendit l'oreille, puis conclut que ce n'était que le bruit du vent à travers les arbres. Néanmoins il écouta encore. Cette fois-ci, il perçut nettement des aboiements de chiens de chasse, suivis de coups de fusil.

Au cours des dernières années, chaque fois qu'il avait entendu tirer il avait pensé à Sdhoirm. Mais le soir, à la taverne, sa mère le rassurait : Sdhoirm avait toujours réussi à s'échapper. Il s'échapperait encore. Et Devin la croyait.

Le brouillard s'amassait au sommet des montagnes. Devin fit demi-tour pour rentrer chez lui. Même s'il ne se considérait plus comme un petit garçon, il croyait toujours aux coches des dullahans et aux fantômes sans tête.

Cette nuit-là, quelque chose le réveilla. Au début, il n'aurait su dire ce que c'était et il se demanda s'il ne rêvait pas. Il entendait des bruits. Des branches fouettaient les vitres à grand fracas, mais ce n'était pas tout. Soudain, une porte claqua dans le vent. Une fois, deux fois, trois fois. Puis un autre bruit monta dans la nuit, le meuglement lointain et persistant d'une vache. Devin se secoua et se tira de sa torpeur. Il ne rêvait pas. C'était Branwen. Mais pourquoi la vache faisait-elle un tel tapage en pleine nuit ?

Quand il s'arracha de son édredon, l'air glacé du

mois de mars lui donna la chair de poule. Il enfila ses culottes, boutonna sa chemise et passa un chandail. Dehors, le vent soufflait comme un fou. L'arbre qui poussait près de la maison était courbé jusqu'à terre. Une tempête approchait ; des nuages d'un noir d'encre traversaient le ciel à toute allure. La lune apparut l'espace d'un instant, pour être aussitôt engloutie par le tumulte des nuées. Branwen meugla à nouveau.

Peut-être était-elle effrayée par les éléments déchaînés, se dit Devin. Aussi silencieusement que possible, il enfila ses chaussettes et ses chaussures.

Dans la maison, il faisait nuit noire. Le jeune garçon n'y voyait rien. Il chercha à localiser le feu. Chaque soir, sa mère recouvrait les braises de cendres afin de les garder chaudes pour le lendemain. Cette nuit-là, même le feu était invisible. Devin s'avança à tâtons. Son père et sa mère dormaient de l'autre côté, près du mur. Le grand-père, invisible lui aussi, était repérable grâce à ses ronflements. Devin se fia à eux pour se diriger.

Quand Katie et lui étaient plus petits, ils jouaient à un jeu : l'un d'eux fermait les yeux très fort, et l'autre l'appelait. Celui qui avait les yeux fermés essayait de trouver l'autre en s'aidant uniquement de sa voix. Devin avait l'impression de jouer à ce jeu, mais à l'envers : il s'éloignait des ronflements de son grand-père. Dans l'étable, Branwen meugla encore.

Devin savait qu'il approchait de la porte. Il tendit les mains en avant, mais ne toucha rien. Tout à coup, il trébucha sur quelque chose et s'affala par terre — faisant assez de bruit pour réveiller un mort. Par chance, un énorme coup de tonnerre retentit à ce moment-là, ébranlant les murs. Au même instant la taverne entière fut illuminée par un éclair aveuglant. On y voyait mieux qu'en plein jour. Devin se rendit compte qu'il avait trébuché sur un tabouret que l'on avait omis de repousser sous la table.

Il se releva. Son grand-père gémit dans son sommeil, puis se remit à ronfler. Sa mère se retourna dans son lit, soupira, mais ne se réveilla pas. Devin ouvrit la porte le plus lentement possible, mais le vent s'en empara et la fit claquer avec violence. Une bourrasque s'engouffra à l'intérieur, faisant voltiger les rideaux. Devin referma derrière lui aussi vite qu'il le put. Le vent lui coupa le souffle. Dehors, une obscurité totale l'engloutit. Il n'y avait ni lune ni étoiles, seulement le vent déchaîné. Devin se dirigea à tâtons, suivant de la main le mur de la maison. Des branches lui giflaient le visage. Par-dessus les hurlements du vent, il entendait une porte qui battait sans discontinuer — la porte de l'étable — et les meuglements de Branwen. Tout n'était que noirceur et violence.

Au moment où il atteignait l'étable, un nouvel éclair déchira le ciel, terrifiant. Le monde sembla embrasé tout à coup par un grand incendie blanc. Et là, à ses pieds, Devin médusé découvrit une flaque de sang rouge. Puis l'éclair disparut. Le tonnerre continuait à frapper dans le noir à la façon d'un marteau. La terre tremblait. Un frisson parcourut le jeune garçon : le frisson de la peur. Avait-il vraiment vu du sang, ou la lumière aveuglante de l'éclair lui avait-elle joué un tour ?

Plongé dans un noir d'encre, il s'agenouilla et tâta le sol du bout des doigts. D'abord il ne sentit que des pierres, inégales et rugueuses, puis quelque chose de liquide et glacé. Jamais, de sa vie, Devin n'avait éprouvé une telle terreur. Il avait l'impression que son cœur, son ventre, ses poumons battaient tous ensemble à l'arrière de sa gorge. Les muscles de ses yeux étaient crispés et douloureux, tant il s'efforçait de percer l'obscurité. De nouveau, le ciel s'illumina. Il leva ses doigts : ils étaient tachés de sang.

— Branwen ! appela-t-il.

Et si ce n'était pas Branwen qui meuglait ainsi, mais un fantôme ? Si c'était un dullahan qui avait versé ce sang devant la porte ? À moins que... qu'un bandit de grand chemin ou un voleur se soit réfugié dans l'étable après avoir été blessé ! Peut-être attendait-il, caché dans l'ombre, prêt à décapiter Devin de son grand couteau ?

Le jeune garçon mourait de peur à l'idée d'entrer dans l'étable, mais il redoutait tout autant de retourner à la maison. Il entendait des bruits étranges. On aurait dit des bruits de pas, comme si quelqu'un le suivait. Il pivota sur ses talons pour regarder derrière lui, quand soudain quelque chose le toucha au visage. Quelque chose qui volait. Poussant un hurlement, il se rua à l'intérieur — et comprit presque aussitôt que ce qui l'avait effleuré était une branche d'arbre cassée par le vent. Mais il était dans l'étable, à présent. À la faveur d'un nouvel éclair, tellement aveuglant qu'il changea la robe brune de Branwen en un blanc immaculé, il distingua une ombre qui vacillait aux pieds de la vache devant la mangeoire. Une ombre noire, et des yeux jaunes qui perçaient ce noir.

L'étable était à nouveau aussi sombre qu'un four. Devin s'orienta à tâtons le long de la vache, puis s'agenouilla à ses pieds. Le tonnerre roulait comme le feu d'un canon. Le jeune garçon se pencha vers Sdhoirm, qui l'accueillit avec une plainte. Dans l'obscurité, il sentit sa langue douce qui léchait sa main. Branwen le poussait gentiment des naseaux. La tête près de Sdhoirm, elle meuglait d'une façon étouffée qui trahissait son inquiétude.

Devin glissa une main sous la tête du loup. Il ne pouvait voir ce qu'il avait, mais il sentait son corps flasque, abandonné. La jointure de l'épaule, autrefois si souple et si résistante, semblait à présent complètement défaite, comme si l'os et la chair ne tenaient plus ensemble. Sdhoirm gémit de douleur. Sa fourrure était toute mouillée. Au début

Devin pensa que c'était de la pluie, mais quand l'étable s'illumina une fois de plus il constata que c'était du sang.

Son ami n'était pas seulement blessé à l'épaule. L'une de ses pattes arrière était abîmée aussi, et présentait une courbure anormale. Le corps entier du loup semblait être une blessure béante. Il n'y avait pas un endroit qui n'ait été déchiré, lacéré, broyé. L'une de ses oreilles avait été arrachée, un morceau de sa truffe pendait. Du sang s'échappait lentement mais constamment de ce corps brisé. Devin souleva avec précaution la patte cassée, tenta de la redresser. Le loup réagit par une plainte.

Un nouvel éclair déchira l'obscurité et Devin remarqua alors pour la première fois que sa patte de lapin était toujours accrochée au cou de Sdhoirm, comme il l'y avait mise trois ans plus tôt. Elle était trempée de sang, elle aussi. Le loup tendit la tête pour pouvoir toucher la main de Devin. Il la lécha faiblement et gémit.

Devin savait que son ami était en train de mourir, qu'il n'y avait rien à faire pour le sauver. Il ne lui restait plus qu'à l'assister, qu'à le caresser tendrement pour essayer, de ses mains, d'alléger ses souffrances. Il découvrit une bosse au niveau de son épaule : c'était l'endroit où une balle l'avait atteint. La chair s'était reconstituée tout autour.

Pendant des années Sdhoirm avait couru, toujours poursuivi. Une fois, il avait été empoisonné. De terribles convulsions l'avaient agité pendant des jours, comme si un incendie dévorait ses entrailles. Les vomissement répétés l'avaient affaibli, mais il avait réussi à se remettre et avait appris la méfiance.

Quelquefois, tandis qu'il vagabondait à travers les collines, il avait entendu la voix de son ami. À plusieurs reprises il avait essayé de le rejoindre, mais les aboiements des chiens et les fusils des hommes l'en avaient toujours empêché.

Ce soir, les chiens et les fusils avaient été encore plus nombreux que d'habitude. Il s'était retrouvé traqué au bord d'une falaise abrupte, et s'était défendu autant qu'il l'avait pu. Les chiens l'avaient mordu, avaient broyé les os de sa hanche. Il était parvenu à en tuer deux. Alors il y avait eu une explosion, et une brûlure intense était venue se loger comme un épieu dans sa gorge ; chaque fois qu'il respirait, il lui semblait inhaler du feu. Le choc du métal l'avait fait tomber d'un coup. Il avait roulé dans la rivière qui coulait au fond du ravin et les eaux abondantes l'avaient emporté comme un fétu de paille, l'écrasant contre les rochers, le précipitant dans les rapides. À un moment donné, à la faveur d'un méandre, le courant s'était ralenti ; Sdhoirm avait réussi à se tirer hors de l'eau, traînant derrière lui sa patte brisée. Les chiens l'avaient laissé pour mort et ils ne s'étaient guère trompés, car il allait mourir, mais auparavant il avait voulu revenir dans cet endroit où il s'était senti chez lui, autrefois.

Il avait rampé à travers la forêt, était entré dans le village, avait retrouvé le chemin de l'étable et était venu s'écrouler aux pieds de la vache. Celle-ci avait compris qu'une chose très grave se passait. Elle avait meuglé, meuglé, meuglé pour appeler Devin. Et maintenant que son ami était là, Sdhoirm était prêt à mourir. Doucement, il laissa sa tête glisser des mains du jeune garçon.

La douleur le traversait de part en part, même si les caresses de Devin lui faisaient du bien. Quand celui-ci souleva sa patte brisée, cependant, la souffrance fut si aiguë qu'il jappa. Mais Devin remit l'articulation en place et il retrouva un peu de répit.

Devin sentait la vie s'échapper de son ami. Il tenta encore de presser ses mains sur ses blessures pour arrêter l'écoulement du sang, mais il était trop tard. Alors il prit du foin et le posa sur lui pour lui tenir chaud. Il essayait de ne pas pleurer. Sdhoirm allait rejoindre un endroit où il serait en sécurité, un endroit lointain où il vivrait en paix et où il retrouverait sa mère, ses sœurs, les autres loups.

La nuit, dans la forêt, quand Devin l'avait entendu appeler les siens, pas une seule fois il n'avait eu de réponse. Car il ne restait plus un seul autre loup dans toutes les collines, toutes les montagnes, toutes les plaines d'Irlande. Là, pour la première fois, Sdhoirm aurait des centaines de compagnons et pourrait hurler avec eux.

Un éclair, encore, traversa l'étable. Les yeux jaunes du loup brillèrent d'une flamme intense. Puis Sdhoirm lâcha un dernier hurlement très long, très triste, laissa retomber sa tête et ne bougea plus.

Devin fondit en larmes.

— Sdhoirm ! Sdhoirm ! cria-t-il. Réveille-toi ! Je t'en prie, réveille-toi. S'il vous plaît, mon Dieu, ne le laissez pas mourir !

Ses larmes tombaient sur la fourrure ensanglantée de son ami. Branwen toucha le loup de ses naseaux, puis elle toucha l'épaule de Devin et s'immobilisa à son tour.

Les éclairs se succédaient, aveuglants, saccadés. Sous les pieds de Devin, la terre tremblait tant la tempête était violente. Le vent se mit à hurler, sauvage, déchaîné. Devin se rendit compte que les yeux de Sdhoirm étaient fermés. Dans le déferlement des bourrasques, soudain, il crut entendre le hurlement terrible de tous les loups qui avaient été tués en Irlande. Leurs lamentations enflaient avec le vent. Puis tout à coup la pluie se mit à tomber, et Devin eut alors l'impression que la nature entière pleurait — car le dernier loup d'Irlande venait de mourir.

ELONA MALTERRE

Elona Malterre est née en France, a grandi au Canada où elle vit toujours.

C'est en suivant un cours de littérature irlandaise qu'elle s'est prise de passion pour l'Irlande.

Elle a enseigné la littérature et donne maintenant des cours d'écriture à l'université de Calgary.

Elle a écrit *Le Dernier Loup d'Irlande* en 1990 à la demande de sa fille Alexandra.

DANS LA MÊME COLLECTION

L'Appel de la Forêt
Jack London

Un Bon Petit Diable
Comtesse de Ségur

Croc-Blanc
Jack London

Heidi
Johanna Spyri

Moby Dick
Herman Melville

Les Quatre Filles du docteur March
Louise May Alcott

Sans Famille
Hector Malot

Le Tour du monde en quatre-vingts jours
Jules Verne

Sherlock Holmes
Arthur Conan Doyle

Le Capitaine Fracasse
Théophile Gautier

La Case de l'oncle Tom
Harriet Beecher-Stowe

Contes
Hans-Christian Andersen

Contes
Grimm

Le Dernier des Mohicans
Fenimore Cooper

L'Île au trésor
Robert Louis Stevenson

Robinson Crusoé
Daniel Defoe

Vingt Mille Lieues sous les mers
Jules Verne

Amadou le bouquillon
Charles Vildrac

Le Cheval sans tête
Paul Berna

Le Faucon déniché
Jean-Côme Noguès

La Petite Fille au kimono rouge
Kay Haugaard

La Guerre du Feu
J.-H. Rosny Aîné

Le Livre de la jungle
Rudyard Kipling

Le Petit Lord Fauntleroy
Frances H. Burnett

Djinn la Malice
Jacqueline Cervon

Les Lunettes du lion
Charles Vildrac

La Maison des Quatre-Vents
Colette Vivier

Mère Brimborion
Alf Prøysen

Les Malheurs de Sophie
Comtesse de Ségur

Poil de Carotte
Jules Renard

Tom Sawyer
Mark Twain

Notre-Dame de Paris
Victor Hugo

Ali Baba et autres histoires

Le Dernier Loup d'Irlande
Elona Malterre

Le Chien des Baskerville
Arthur Conan Doyle

La Vieille Maison mal coiffée
Jean-Côme Noguès

Lettres de mon moulin
Alphonse Daudet

L'Étoile Polaire
Colette Vivier

Ivanhoé
Walter Scott

Les Voyages de Gulliver
Jonathan Swift

À PARAÎTRE EN MAI 96 :

Le Roman de Renard

Le Mammouth et la Châtaigne
Jean-Côme Noguès

Voyage au centre de la Terre
Jules Verne

Le Jardin secret
Frances H. Burnett

Le Fils du loup
Jack London

Maroussia
P.-J. Stahl

La Petite Maison dans les grands bois
Laura Ingalls Wilder

La Maison du Loup
Colette Vivier

N° d'éditeur : 10030643 - (I) - (8) - OSBB P - 90
Dépôt légal : février 1996
Impression et reliure : Pollina s.a., 85400 Luçon - n° 69052
ISBN 2.09.490.347.8
Loi n° 49-956 du 16 juillet 1949 sur les publications destinées à la jeunesse.